Schnee flocken sommer

Barbara
Schinko

Tyrolia-Verlag • Innsbruck-Wien

Teil 1

Marie sah den Blitz. Er ließ die Eisenbahnschienen im Tal aufglühen und der Donner, der folgte, klang wie das Rumpeln eines Güterzugs. Unschlüssig blickte sie hinab auf den Bahnhof und das ein Stück daneben liegende Dorf.

Ihr Kopf dachte ans Umkehren, ihre Füße aber gehorchten nicht. Vorwärts, nur vorwärts. Tiefer in den Wald. Der Pfad steil und steinig – da eine Abzweigung, rechts hinunter nach Späth und zur Burg Wannstein, geradeaus weiter zur Spitze des Wannerkogels. Der nächste Donner war ohrenbetäubend laut. Ein heftiger Wind kam auf. Er peitschte die Preiselbeersträucher und riss Zapfen und Zweige von den Fichten. Geduckt rannte Marie durch das Nadelgestöber.

Wieder erhellte ein Blitz den Wald. Sein Licht fiel auf das Häuschen abseits des Pfades, auf die Steinmauern, die nur angelehnte Tür. Verfolgt vom Heulen des Windes schlüpfte Marie ins Dunkel. Ein muffiger Gestank empfing sie: feuchte Erde, vielleicht Käse? Ihr Magen knurrte hoffnungsvoll, die Hoffnung aber verflog, kaum dass sich Marie umsah. Sie stand in einem Keller mit leeren Regalen. Schon hämmerte der Regen an das einzige Fenster. Sie floh vor ihm in den hintersten Winkel, kauerte sich hin und zog die Knie an die Brust, bohrte ihre Zehen durch die Löcher in den Turnschuhen. Wartete.

Sie war lange unterwegs gewesen, irgendwann schlief sie ein.

Am Morgen regnete es noch immer. Marie blieb eine Weile mit geschlossenen Augen liegen und lauschte dem Prasseln. Sie wartete auf andere Geräusche – auf das Kläffen von Hunden im Park, erregte Stimmen vor einem Bahnhofsklo –, bis sie wieder wusste, wo sie sich befand.

Ihr Magen knurrte, also durchsuchte sie erneut den Keller, doch vergeblich. Sie trank den Wasserrest aus ihrer Plastikflasche und hielt sie dann durch den Türspalt, um sie neu zu füllen; trank, bis ihr von all dem Wasser übel wurde und sich ihr Magen bei jedem Schluck verkrampfte. Abermals schweifte ihr Blick durch den Keller. Es gab kein Essen zu erbetteln und keinen Mülleimer zu durchstöbern, auch keine Innentür oder Treppe, die ins Haus geführt hätte. Wenn sie hier blieb, würde sie verhungern.

Kaum aber wagte sie sich ins Freie, durchnässte sie der Regen bis auf die Knochen und trieb sie unter das Vordach der Haustür. Dort entdeckte Marie eine Schale mit Katzenfutter, das erstaunlich gut roch. Sie spähte nach allen Seiten, sah niemanden, schnappte sich die Schale und rannte damit zurück in den Keller.

Im hintersten Winkel verschlang sie die zerschnittene Hartwurst und die Klumpen feuchten Brotes. Die Wurst war scharf und gut und Marie leckte das Fett vom Porzellanrand, wie es eine Katze getan hätte, bevor sie das Schälchen zurückbrachte.

Zu Mittag war es wieder voll und auch am Abend. Marie dachte schuldbewusst an die Katze, doch sie kaute und schluckte und spülte das Wurstende mit Wasser hinunter.

Immer noch hämmerte der Regen ans Fenster. Wenn sie lange genug hinstarrte und lauschte, wurden ihr die Lider schwer und die Tropfen verschwammen vor ihren Augen zu einem dichten Flockengestöber. Das eintönige Trommeln lullte sie in den Schlaf. Sie träumte von Freibach, und dass es dort immerzu kalt war und schneite – bis ein Geräusch sie hochschrecken ließ: der Ruf eines ·Menschen oder vielleicht das Meckern von Ziegen?

Wer mochte da draußen sein? Hatte man sie entdeckt? Marie duckte sich tiefer hinter die Regale und presste eine Hand auf ihren Mund, bis ihr Herzklopfen und der Regen alles übertönten.

Als das Pochen schließlich verebbte und sie wieder lauschen konnte, waren die Geräusche fort. Sie wusste nicht, ob sie sich alles nur eingebildet hatte.

Die Nacht senkte sich herab und Marie konnte nun nicht mehr schlafen. Frierend lag sie wach, rief sich den Weg nach Freibach ins Gedächtnis und verglich die Entfernungen auf den Schildern, die sie während der letzten Tage gesehen hatte, mit der Karte in ihrem Kopf. Zu Fuß musste sie erst über den Kogel und dann ...

Der Weg war noch weit. Ihr Magen knurrte. Unerbittlich fiel der Regen. Vielleicht, begann sie zu hoffen, wohnte niemand in dem Haus? Wenn es leer stünde und nur ab und zu ein Nachbar käme, um die Katze zu füttern, könnte Marie morgen ein Fenster einschlagen. Womöglich hatten die letzten Bewohner etwas dagelassen, das ihr helfen würde: Essen und trockene Kleider, vielleicht sogar Geld.

In der Früh mischte sich ganz deutlich Ziegengemecker ins Prasseln des Regens. Ehe Marie zum Katzenschälchen bei der Tür schlich, huschte sie ums Haus und versuchte in alle Fenster zu spähen, doch schwere, karierte Vorhänge nahmen ihr die Sicht.

Sie verzog sich wieder in den hintersten Winkel des Kellers, kaute Wurst und Brot und malte sich dabei für einen kurzen Moment aus, dass der Regen das Dorf im Tal überschwemmt, alle Dörfer überschwemmt und alle Menschen auf der Welt ertränkt hatte. Alle außer ihr.

Zu Mittag blieb das Katzenschälchen leer. Bis zum Abend hatte sich bloß ein Fingerbreit Wasser darin gesammelt. Maries Magen knurrte wieder lauter und irgendwann ertrug sie es nicht mehr: Sie huschte unter das Vordach der Haustür und rüttelte probeweise an der Klinke. Die Tür sprang sofort auf. Dahinter lagen ein Flur, so düster wie der Keller, und eine schmale Treppe, die nach oben führte.

Marie lauschte. Alles blieb still. Trotzdem wagte sie sich nicht auf die Treppe: Wenn dort oben jemand war und ihr den Rückweg versperren würde, wäre sie gefangen. Da erschnupperte sie einen verlockenden Essensduft und folgte ihm bis zu einer Stube mit rot-weiß karierten Vorhängen. Der Tisch war mit einem Teller und einem Becher gedeckt. Eine zweite Tür mochte in eine Speisekammer führen und daneben wartete auf dem Herd ein dampfender Topf.

Kaum aber trieb Maries Hunger sie hin, schoss eine Hand durch die Tür und packte sie. Die fetteste, hässlichste Frau der Welt wälzte sich aus der Speisekammer: ein Weib wie aufgegangener Germteig mit strähnigem Haar und einem Doppelkinn, das über den Kragen der Bluse quoll.

„Suchst du die Wurst?", knurrte sie. „Ist keine mehr da."

Ihr Griff war eisenhart. Marie wand sich, boxte und stieß mit den Ellbogen zu, doch sie konnte sich nicht befreien.

„Lassen Sie mich los! Ich habe nichts gestohlen! Es tut mir leid wegen der Katze!"

„Hab keine Katze." Die Frau ließ Marie los. „Ist keine Wurst mehr da", wiederholte sie mürrisch. „Wenn du Brot und Speck magst, setz dich hin." Sie watschelte zurück in die Speisekammer. Von dort brachte sie Brot und Speck und aus dem Topf goss sie warme Milch in den Becher. Hungrig verschlang Marie das Brot und den Speck. Sie leckte sich die Finger ab und pickte damit nach den letzten Krumen, während die Frau einen Klumpen Honig in die Milch ploppte, dass es spritzte.

Erst als der Teller spiegelblank und kein Tröpfchen Milch mehr da war, sagte die Frau: „Das Wetter beleidigt meine alten Knochen, aber die Ziegen müssen gefüttert werden. Bekommst dafür trockene Kleider und ein Bett für die Nacht." Auffordernd starrte sie Marie an.

Der Speck lag schwer wie ein Stein in Maries Magen und die honigsüße Milch darin brannte. Marie nickte.

„Dann sag mir deinen Namen."

„M-marie."

„Natürlich."

Die Frau räumte den Teller und den Becher ab. Sie musste dazu über Maries Ellbogen greifen und sie warf ihr dabei einen missmutigen Blick zu, als fragte sie sich, warum Marie noch hier saß.

Hinter dem Haus lag der Pferch, in dem sich ein halbes Dutzend scheckige Leiber und Hörner drängte. Marie fand einen Sack voll Heu und verstreute es zwischen den Ziegen im Matsch. Als sie zurück in die Stube kam, brodelte im Topf auf dem Herd das Wasser.

Die Frau warf ihr einen kurzen Blick zu und befahl: „Häng das nasse Zeug zum Trocknen auf."

Über der Stuhllehne lagen eine graue Hose, ein graues Unterhemd und eine graue Strickjacke für Marie bereit. Gehorsam schlüpfte sie aus Jeans und Jacke, doch sie behielt ihr T-Shirt an, obwohl ihr die klamme Baumwolle eine Gänsehaut über den Rücken trieb.

„Willst du Kartoffeln essen? Dann kannst du welche schälen." Also goss Marie das Wasser ab und verbrannte sich beim Häuten die Finger.

In jedes Bein der grauen Hose hätte eine ganze Marie gepasst, und die Ellbogen der Strickjacke hingen erst in die Kartoffelschalen und dann beim Essen auf Maries Teller. Es gab Haferbrei mit Kartoffeln und Zwiebeln. Gegenüber auf der Bank schlürfte und schmatzte die Frau. Ihre Zunge schleckte auf, was ihr aus dem Mundwinkel rann, und der Blick ihrer Schweinsäuglein ruhte auf Marie.

Nach dem Essen schnalzte sie ungeduldig mit einem Geschirrtuch, bis Marie danach griff und ihr beim Abwasch half. Als Besteck und Geschirr wieder sauber im Schrank verstaut waren, scheuchte sie Marie in den Flur und die schmale, steile Treppe hoch. Oben befand sich eine Kammer, gerade groß genug für einen Schrank und ein Bett.

Ein Bett! In ihren geliehenen Kleidern kroch Marie unter die Decke. Verglichen mit dem Kellerboden und all den Parkbänken und Bahnhofsfliesen in den Nächten davor fühlte sich die Matratze viel zu weich an.

Marie wälzte sich in der Dämmerung hin und her, lauschte dem Regen, hörte die Frau in der Stube poltern und brummen. Bettwäsche und Vorhänge waren blau-weiß kariert. Wenn Marie blinzelte, schmolzen die weißen Karos – als ob es schneite.

Sie erwachte spät. Blaues Licht drang durchs Fenster. Die Frau mühte sich keuchend und schnaufend die Treppe hoch. Statt aufzuspringen, lag Marie still und hielt die Augen geschlossen, bis ihr mit einem Ruck die Decke weggezogen wurde.

„Bist noch immer da“, knurrte die Frau.

Marie nickte. Sie fror ohne die Decke. Verstrickt in die letzten Fetzen ihres Traums dachte sie mit Schaudern an Freibach, wo es immerzu schneien würde, selbst im Juli.

„Die Ziegen meckern nach ihrem Frühstück. Und dem Boden würd’s auch nicht schaden, wenn ihn mal einer schrubben wollte.“ Die Frau verstummte kurz und fügte dann hinzu: „Mich nennt man Berta.“

Unten in der Stube rührte Marie den Haferbrei um, während Berta die Milch fürs Frühstück wärmte. Auf dem Brei bildete sich eine schleimige Haut und er roch ein wenig verbrannt. Zu Maries großer Erleichterung rümpfte Berta nur die Nase und sagte kein Wort.

Beim Essen hatte Marie Mühe, nicht zu starren. Im Morgenlicht sah sie, dass Bertas halbes Dutzend Zähne schief und gelb war. Die Haut um ihre Schweinsäuglein hing in Falten, als hätte jemand einen prallen Luftballon zerstochen.

„Musst du aufs Klo?“, fragte Berta jäh.

Marie hörte auf zu zappeln und nickte verschämt.

„Bei den Ziegen. Pass auf, dass dich nicht der böhmische Wolf frisst. Aber besser dich als sie.“

Das Plumpsklo hinter dem Pferch stank und ins Prasseln des Regens mischte sich ein Hecheln und Knurren, sodass Marie heilfroh war, als die Haustür wieder hinter ihr zufiel.

Berta reichte ihr eine Bürste und einen Eimer voll Regenwasser. Den Rest des Tages kniete Marie auf der Treppe oder im Flur und schrubbte. Es war, wie Berta versprochen hatte, wirklich bitter nötig.

Abends hatte sie raue, rote Hände und Berta befahl ihr, sie vor dem Schlafengehen mit Ziegentalg einzuschmieren. „Die Treppe glänzt ja wie Gold. Nur schade, dass die Kammer dagegen wie Blech aussieht.“

So verstrich der nächste Tag mit Schrubben und der dritte. Die Ziegen meckerten ungeduldig im Pferch. Das Heu ging zur Neige. Berta schickte Marie im strömenden Regen Hasel- und Holunderzweige holen, dafür warteten in der Stube honigsüße Milch und staubtrockene Haferkekse zum Eintunken auf sie.

Müde fiel Marie jeden Abend in ihr Bett. Sobald sie die Augen schloss, wurden die weißen Karos auf den Vorhängen zu einem dichten Schneegestöber in ihrem Kopf, das sie an Freibach denken ließ.

Sie hätte sich längst wieder auf den Weg machen sollen und das Schuldgefühl drohte sie zu ersticken.

Später, versicherte sie ihm. *In Freibach wird es auch später noch schneien.*

Am vierten Morgen kitzelte plötzlich ein Sonnenstrahl ihre Nase. Marie lugte durch den Spalt zwischen den Vorhängen. Die Fichtenwipfel glitzerten in der Morgensonne. Sie schloss die Augen und wünschte sich mit aller Kraft den Regen zurück, doch als sie wieder aus dem Fenster sah, strahlte dort über den Wipfeln noch immer ein wolkenloser Himmel. Das Wetter war perfekt und für sie gab es keine Ausrede mehr: Sie musste heute aufbrechen.

Schon der Gedanke an Freibach ließ ihr die Beine schwer werden, als sie aus dem Bett kroch. Auch ihr Kopf fühlte sich schwer an. Karierte Flocken tanzten vor ihren Augen. Vielleicht, durchfuhr sie ein jäher Hoffnungsschimmer, hatte sie Fieber? Mit Fieber würde Berta sie nicht einfach gehen lassen.

Oder sie könnte den Honigtopf auf der Treppe zerschlagen und wenigstens so lange bleiben, bis diese frisch geschrubbt wäre.

„Ich und verhungert?", hörte sie Berta unten knurren. „Wenn der Speck in meiner Speis zur Neige geht, bleibt hier", sie klatschte sich wohl dumpf auf den Bauch, „noch immer genug für einen ganzen Winter."

Marie schlich hinab in die Stube. Dort stand Berta und vor ihr ein älterer Bursch, dessen Augen bei Maries Anblick groß wurden. „Berta, wer ist das?"

Berta erwiderte nur: „Marie, bring einen Teller, wenn ihr euch nicht deinen teilen wollt."

„Bloß keine Umstände!", wehrte der Bursch ab. „Ich bin nur wegen der Einkäufe gekommen und ich soll zum Mittagessen daheim ...", dann fiel sein Blick auf den Honigtopf und er verstummte.

Marie knallte ihm den Haferbrei schwungvoll hin: nicht weil er neugierig war, sondern weil er sich einfach so bei anderen Leuten zum Frühstück einladen konnte.

Er hieß Linus. „Wer bist du?", fragte er wieder.

Marie schwieg, doch Berta antwortete an ihrer Stelle: „Sie bleibt eine Weile bei mir." Kein Zögern, kein Betteln. Marie musste nicht erklären, wer sie war – musste wenigstens heute nicht nach Freibach aufbrechen. Ein Gefühl von Dankbarkeit stieg in ihr hoch, auch wenn Berta sie bloß für die Ziegen und fürs Schrubben brauchte.

Linus redete für drei und schaffte es trotzdem, seinen Teller so rasch wie Marie ihren zu leeren. Er schwärmte vom Hasenbraten und vom Hirschragout seines Vaters, bis Marie dachte, der Vater müsse ein Förster oder Wilderer sein. Nach dem Frühstück trug sie die Einkäufe, die Linus gebracht hatte, in die Speisekammer: Eier und scharfe Würste, Brot und Milch und zwei Flaschen Most. Berta watschelte davon und kam mit dem abgezählten Geld zurück. Da wusste Marie, dass sie ihr trotz allem nicht traute. Sie tat wohl auch gut daran.

Marie hatte noch nie Ziegen gehütet.

„Ich helfe dir", versprach Linus.

„Musst du nicht heim oder wildern?", entfuhr es ihr.

Er blickte verdutzt drein. „Ich bin doch kein Wilderer! Ich ..."

„Ein Holzapfel ist er", unterbrach ihn Berta barsch. „Die isst man gedörrt oder gekocht."

Linus grinste. Marie wagte nicht zu fragen.

„Mecki!", rief Linus im Pferch, als würde er eine alte Freundin begrüßen. Er packte die schwarze Ziege bei den Hörnern und führte sie hinaus. Die anderen folgten willig.

Mit Stöcken trieben Linus und Marie das halbe Dutzend auf eine kleine, sumpfige Lichtung im Wald. Das Wasser sickerte durch Maries Turnschuhe und ihre dünnen Socken. Sie setzten sich auf einen entwurzelten Baum. Linus fing an zu pfeifen und wippte mit den Fersen im Takt.

„Wolltest du nicht bis Mittag daheim sein?", fragte Marie wieder, doch er zuckte mit den Schultern. „Die wissen, wo ich bin."

„Die", das waren seine Mutter und sein Vater, der Wirt im „Ende der Welt". Und der Kellner Vinzerl, der über der Gaststube wohnte. Wenn samstags und sonntags das ganze Dorf Späth zum Essen kam, half Linus an der Schank aus und zapfte das Bier, oder er servierte die resch herausgebackenen Schnitzel und den warmen Apfelstrudel mit hausgemachter Vanillesoße.

„Flecki, bleib da!" Er fuchtelte mit seinem Stock, doch die schwarze Ziege starrte ihn ungerührt an.

„Das ist Mecki. Vorhin hast du die mit dem Fleck am Ohr Flecki genannt."

„Macht nichts. Sie heißen alle Flecki oder Mecki", erwiderte Linus fröhlich. Mecki-Flecki wackelte mit dem Kopf, als stimmte sie zu. Einmal in der Woche radelte Linus mit den Einkäufen hinauf zu Berta. Wenn Gäste kamen, schenkten die ihr alte Kleider sowie Nuss- oder Zirbenschnaps. Berta hatte geschworen, ihr Lebtag keinen Fuß mehr ins Dorf zu setzen.

„Wem hat sie das geschworen?"

„Dem Teufel, heißt es." Aber Linus wusste es auch nicht so genau.

Nach einer Weile trieben er und Marie die Ziegen heim.

„Ich muss jetzt wirklich los." Doch statt zu gehen, machte es sich Linus in der Stube auf der Tischkante bequem.

„Runter, Linus Holzapfel!“, knurrte Berta. „Wir sind hier nicht beim Zirkus.“

„Nicht?“, spielte er den Erstaunten. „Ich dachte, vielleicht beim Flohzirkus.“ Er rutschte von der Kante und blinzelte Marie zu. Berta schien ihm die Frechheit nicht übel zu nehmen. Sie bot ihm kalten Haferbrei an, den schlug er aus. Als er aber weiter trödeln wollte, befahl sie ihm dann doch unwirsch, Marie nicht länger von der Arbeit abzuhalten.

Nun wirkte Linus tatsächlich erstaunt. Scheinbar begriff er erst jetzt, dass Marie nur zum Arbeiten und nicht etwa zu Besuch hier war. Er schwang sich auf sein Fahrrad und klingelte zum Abschied.

„Kein fauler Apfel“, knurrte Berta, als er zwischen den Fichten verschwand, „aber ein Mundwerk für drei. Komm. Gibt Holz zu hacken.“

Sie führte Marie zum Hackklotz und den Scheiten, die entlang der Hausmauer gestapelt waren. Im Hackklotz steckte die Axt.

„Soll ich ...?“

„Wenn du kannst.“

Marie zog die Axt aus dem Klotz und holte aus. Berta sah nur zu, sagte nicht „falsch“ und nicht „richtig“. Die Schneide der Axt glitt vom Scheit ab und verfehlte knapp Maries Bein.

Berta nahm ihr die Axt weg. Ihre fetten Arme zitterten wie Pudding, aber das Holz fiel unter ihrem Hieb glatt entzwei. „Bist mir keine große Hilfe“, grunzte sie.

Marie dachte an die blank gescheuerte Treppe und an die Ziegen. Sie versuchte zu widersprechen, kein Wort jedoch kam über ihre Lippen. Ihr Blick klebte an der Axt in Bertas Händen und sie roch den Schnee in der Luft.

Ihre Beine wollten wegrennen. Der Rest von ihr stand bloß da und wartete aufs Fallen der ersten Flocken.

Ein Holzscheit und noch eines splitterte unter Bertas Hieben. Sie ließ die Axt sinken und betrachtete Marie. „Bist zu schwach", entschied sie. „Musst mehr essen."

Am Abend nötigte sie Marie einen zweiten Teller Brei auf und kratzte noch die letzten Klumpen für sie aus dem Topf, bis Marie glaubte, der Hafer müsse ihr zu den Ohren herausquellen. Unter Bertas wachsamem Blick löffelte sie alles in sich hinein. Ans Verhungern zu denken half: Während sie kaute und schluckte, kaute und schluckte, rief sie sich angebissene Brote aus Mülltonnen in Erinnerung, zertretene Pommes auf Bahnhofsfliesen, steinharte Semmeln, die jemand für die Tauben verstreut hatte, und eine ranzig stinkende Thunfischdose, das Öl, das über ihre Finger rann, die Nägel blutig gekaut und schwarz vor Dreck.

Sie leerte ihren Teller und sagte Danke, wusch ab und erbrach sich später heimlich hinter dem Ziegenpferch, den ranzigen Gestank des Thunfischöls noch immer in der Nase.

Linus kam am nächsten Tag wieder. Er brachte einen Sack voll Äpfeln und behauptete, den habe er gestern daheim vergessen. Marie glaubte ihm nicht.

„Kann ich helfen? Ich weiß einen guten Platz für die Ziegen." Berta knurrte ihre Zustimmung und gab ihm sogar Äpfel als Jause mit, zwei für jeden. Da wagte Marie nicht zu widersprechen.

Linus redete den ganzen Weg über vom Essen im Wirtshaus und beschrieb jedes Gericht so anschaulich, dass Marie glaubte, schon vom Zuhören satt werden zu müssen. Dass er bei seinem Gerede dürr wie ein Zaunpfahl war, wunderte sie.

„In der Früh ess ich am liebsten Buttersemmeln. Und du?"

„Haferbrei mit Honig", murmelte Marie, denn etwas anderes gab es bei Berta nicht.

Und mittags? Haferbrei mit Wurst.

Und abends? Haferbrei mit Kartoffeln und Zwiebeln.

Linus lachte. „Da bist du ja bei der Berta gut aufgehoben. Sie liebt ihren Haferbrei!“

Er selbst aß mit Vinzerl und den Gästen in der Stube Hasenbraten und Hirschragout, Schnitzel und Kraut und Gulasch und Knödel und zum Nachtisch den warmen Apfelstrudel mit Vanillesoße oder Eis. Aber eigentlich war ihm die nussige Hartwurst am liebsten.

„Die Wursthäute füllen wir noch selbst, obwohl mein Vater seit Jahren nicht geschlachtet hat – die letzte Sau zu meiner Geburt“, erzählte Linus mit einer Selbstverständlichkeit, als gingen Schlachten und Kinderkriegen immer Hand in Hand.

Sie bogen in die Forststraße ein, die auf der steilen Seite des Kogels zur Burg Wannstein führte. Marie sah schon die Zinnen zwischen den Fichtenwipfeln aufragen. Plötzlich aber lotste Linus sie und die Ziegen weg von der Straße auf einen Trampelpfad. Der verlief so steil abwärts, dass Marie Angst bekam, die Ziegen würden abrutschen und sich die Hälse brechen.

„Meinst du wirklich ...?“

Doch Linus sprang unbekümmert voran und war schon halb unten, bevor sie den Satz beenden konnte. Auch die schwarze Mecki, die scheckige Schecki und Flecki mit dem Fleck am Ohr trabten furchtlos bergab. Ihre Zicklein drängten einander mit spitzen Hörnchen beiseite, weil jedes das Erste sein wollte.

Der Pfad endete am Fuß einer Steilwand. Nichts wuchs hier außer Farnen und ein paar Preiselbeersträuchern. Linus hatte gelogen: Das war kein guter Platz.

Er schien verschwunden zu sein. Kaum jedoch schaute sie um sich, steckte er den Kopf aus einer Höhle im Fels. „Komm! Ich zeig dir was.“

In der Höhle war es kalt und feucht. „Hörst du’s?“, raunte Linus. „Das Kratzen?“ Er legte den Kopf in den Nacken. Über ihm erahnte Marie ein dunkles Loch – einen Schacht? Sie hörte nur die Ziegen, doch sie nickte.

„Das sind Hunde. Im Burghof gibt es eine Falltür. Der Graf von Späth hat seine Feinde in das Loch geschmissen, und erst ein Jahr darauf sind seine Diener gekommen und haben weggetragen, was nach den Wölfen übrig war." Linus verstummte kurz. „Die Hanna, meine Kusine, fand das furchtbar grausig."

Er schwieg erwartungsvoll, als müsse Marie nun sagen, dass sie es auch furchtbar grausig fand. „Einmal hab ich ihr einen Stein gezeigt und behauptet, es wär ein abgebrochener Zahn. Sie hat gekreischt, dass man sie bis zur Burg hören musste." Vergeblich suchte sein Blick den Boden nach einem passenden Splitter ab. „Der Mann, der damals die Burg in Schuss hielt, hatte Rottweiler. Sie kratzten an der Falltür und ich wartete immer darauf, dass einer zu uns durchbrechen würde."

Nun hörte Marie das Kratzen.

„Aber die jetzt dort wohnen haben bloß zwei kleine Kläffer, mehr Ratten als Hunde. ‚Gulasch', sagt mein Vater: Muskat und Majoran dazu, einen Schuss Essig hinters Ohr, ein Lorbeerblatt zwischen die Zähne und ab in den Topf."

„Und wenn einer gefallen wäre?" Maries Stimme klang geisterhaft rau. „Was hättest du getan?"

„Wahrscheinlich nichts", bedauerte Linus. Der Rottweiler hätte sich den Hals gebrochen. „Aber ich musste Hanna versprechen, ihn mit dem Schwert zu zerhacken. So ging unser Spiel: Ich war der Ritter Lancelot, der alle Drachen zerhackte, und Hanna hieß Esmeralda. Sie nähte sich dann Handschuhe aus den Drachenschuppen."

Marie starrte in sein Grinsen und stellte ihn sich mit einem Schwert vor. Er wirkte nicht wie einer, der je einen Drachen oder Rottweiler zerhackt hatte.

Aber plötzlich stand eine Szene klar vor ihren Augen: wie Berta die Axt schwang, wie ein Schädel und ein zweiter vom

Hackklotz fiel und wie die kopflosen Hunde im Kreis rannten. Sie floh aus der Höhle und würgte draußen, doch das Frühstück war lange her und der Haferbrei bereits verdaut.

Linus folgte ihr. „Bist du okay? Tut mir leid. Das ist ganz schön grausig, vor allem mit den Handschuhen. Ihr Mädchen seid so zimperlich."

„Ich nicht!" Sie sah an seinem Blick, dass er sie würgen gehört hatte. „Ich habe bloß Bauchweh."

„Du kannst ruhig zugeben ..."

„Ich bin nicht zimperlich! Ich musste nur kotzen."

„Hat dir jemand Steine in den Bauch getan? Du weißt schon. Wie dem bösen Wolf", versuchte Linus zu witzeln, doch als ihn Marie anfunkelte, sagte er nichts mehr. Sie trieben die Ziegen hinauf zur Straße und dann auf eine Lichtung. Linus spähte hoch zu den Wolken und runzelte die Stirn.

„Schecki, Mecki, Flecki, genug gefressen, ihr werdet fett!" Zu Marie sagte er: „Wir werden rennen müssen."

Sie rannten. Schon auf dem halben Rückweg begann es wie aus Kübeln zu schütten und die Fichten boten keinen Schutz.

„Ihr seid mir vielleicht zwei Narren", knurrte Berta, als sie die Tür öffnete. Um Maries durchweichte Turnschuhe bildete sich eine Pfütze.

Sie wollte mit dem Hineingehen auf Linus warten, doch er schüttelte den Kopf: „Ich radle besser heim. Nass bin ich sowieso." Er stieg auf sein Fahrrad, klingelte kurz zum Abschied und holperte in den Wald. Von hinten ähnelte er einem struppigen Hund mit blondem Fell.

„Willst du da stehen bleiben, bis du anwurzelst?" Berta scheuchte Marie ins Haus. „Zieh das aus, das an und hier, trink."

Der erste Schluck Honigmilch schmeckte fast zu süß. Marie presste eine Hand auf ihre Lippen.

„Was ist mit dir los?"

Ich habe Bauchweh, wollte sie lügen, aber sie hatte Angst davor, was Berta tun oder sagen würde, wenn sie zu krank zum Arbeiten wäre.

Berta musterte sie lange. Dann stand sie auf, ging in die Speisekammer und kam mit einer braunen Flasche ohne Etikett zurück. Sie knallte sie vor Marie auf den Tisch. „Ein Zirbener! Ist gut für den Magen."

Hastig lehnte Marie ab und log, dass sie bloß alle Äpfel gegessen habe, auch die von Linus. Trotzdem zwang ihr Berta einen halben Teller Haferbrei auf. Jeder Löffel davon sank schwer wie ein Stein in Maries Magen und machte sie zugleich hungriger.

Ein Mann aus dem Dorf kam zu Besuch und tags darauf zwei blonde Frauen. Berta befahl Marie, ihnen Brot und Speck zu bringen, und scheuchte sie dann hinaus zu den Ziegen.

„Wisst ihr, was die da drin bereden?" Mecki zuckte mit dem rechten Ohr, Flecki mit dem linken und Schecki glotzte Marie verständnislos an.

Der Mann aß nicht annähernd so viel wie Linus und die Frauen aßen gar nichts. Während Marie gegen Ende ihres Besuchs das unberührte Brot und den Speck abräumte, sagte Berta: „Sie bleibt eine Weile bei mir."

Die Blicke der Frauen wandten sich Marie zu, die dünnere der beiden öffnete den Mund. Hastig floh Marie mit dem Brot und dem Speck in die Speisekammer und wartete dort, bis die Frauen die Stube verlassen hatten.

Berta begleitete sie hinaus. Marie wischte mit gesenktem Kopf den Tisch ab und lugte verstohlen in den Flur. Der Mann hatte Berta zum Abschied eine Flasche Zirbenschnaps und einen Beutel Pfeifentabak geschenkt. Die Frauen gaben ihr eine Strickjacke. Marie hörte, wie eine der beiden nach ihrem Namen fragte, doch sie hörte Bertas Antwort nicht. Am Abend zog Berta die Jacke an, paffte ihre Pfeife und trank dazu ein Stamperl Zirbenen, weil der gegen beleidigte Knochen half.

„Hast du noch Bauchweh?“, fragte Linus, als er das nächste Mal mit den Einkäufen kam, und das klang fast, als hätte er Marie damals geglaubt. Sie verneinte.

Linus witzelte: „Wenn’s kein Stein in deinem Bauch war, dann vielleicht ein Zicklein.“ Er sah rüber zum Pferch – gab vor, die Zicklein zu zählen.

Ehe Marie etwas erwidern konnte, schüttelte er den Kopf. „Nein, das passt nicht. Der Wolf in den Geschichten ist nie ein Mädchen.“

Marie wusste darauf nichts zu sagen. Sie war froh, als er fragte: „Hilfst du mir?“ und ihr die Mostflaschen aus dem Fahrradkorb reichte.

Zwei Tage später holperte er ganz aufgeregt herbei und klingelte so laut, dass Marie, die draußen die Vorhänge wusch, sie vor Schreck in den Bottich fallen ließ.

„Ich muss dir was zeigen!“ Er sprang vom Rad. „Ein Märchen. Du wirst es mögen!“

„Ich arbeite“, sagte Marie. Ihr T-Shirt war bis zum Kragen nass gespritzt und ihre Arme waren mit Seifenlauge verschmiert.

„Dann helf ich dir.“ Linus griff nach einem Vorhang, doch Marie stieß ihn weg, weil seine Finger schmutziger waren als das Wasser.

„Komm! Ich weiß nicht, wie lange sie dort sitzt.“

„Wer?“

„Na, das Märchen. Rate!“

Marie dachte an Bertas böhmischen Wolf. An Steine im Bauch. „Rotkäppchen.“

„Noch mal.“

Oder hatte es mit der Burg zu tun? „Dornröschen.“

Linus schüttelte den Kopf und grinste, weil er sah, dass er sie neugierig gemacht hatte. „Ich geb dir einen Tipp“, begann er, doch in diesem Moment kam Berta aus dem Haus und Marie duckte sich so tief sie konnte über den Bottich.

„Darf ich Marie was zeigen?“, hörte sie Linus fragen. Sie rieb verbissen an einem Stoffzipfel und wagte nicht aufzusehen, bis Berta knurrte: „Lass die Vorhänge einweichen. Geht der Dreck besser raus.“ Mit diesen Worten machte sie kehrt und marschierte davon. Erwartungsvoll grinsend wandte sich Linus an Marie.

Die Forststraße endete am hohen, hölzernen Tor der Burg Wannstein, von dem Linus behauptete, Marie könnte nicht mal drüber sehen, wenn sie auf seinen Schultern stünde.

„Du auch nicht, wenn du auf meinen stündest.“

„Du bist ein Zwerg“, stimmte Linus zu. „Wenn ich auf meinen Schultern stehen könnte, ginge es.“

Er führte sie am Tor vorbei, dorthin, wo die Mauer noch Zinnen hatte. „Schau“, sagte er und beschattete seine Augen. „Da ist sie: Rapunzel.“

Zwischen zwei Zinnen schimmerte Gold. Erst hielt es Marie für eine Spiegelung der Sonne, doch dann erkannte sie glänzendes Haar und sah schnell weg.

Goldenes Haar! Der Anblick fühlte sich an wie ein Schlag ins Gesicht. Er beschwor eine Erinnerung, ein Bild in ihr herauf, das sie doch tief in sich vergraben hatte.

Warum zeigst du mir das? Ihre Kehle war wie zugeschnürt.

„W-wer ist das?“

„Die kleine Naderin. Ihre Eltern sind beide Doktoren – Herr Doktor Nader und Frau Doktor Nader. Sie haben die Burg für diesen Sommer gemietet.“

Marie zwang sich, erneut gegen die Sonne zu blinzeln. Von der Mauer baumelte ein zerzauster Zopf, aus dem sich die meisten Strähnen gelöst hatten. Rapunzel stützte ihr Buch an einer Zinne ab und las.

„Sie wohnen auf der Burg?"

„Nein", sagte Linus. „Die Burg haben sie bloß aus Jux und Tollerei gemietet. In Wahrheit schlafen sie in der Brotdose, immer abwechselnd." Er grinste Marie zu, bevor er seine Hände zum Sprachrohr formte und schrie: „Hallo da oben! Wie heißt du?"

Der Zopf peitschte herum, das Buch verschwand und Rapunzel beugte sich so weit vor, dass Marie für einen langen Herzschlag zu sehen glaubte, wie sie fiel.

„Ratet!"

„Jacqueline!", rief Linus. „Du siehst aus wie eine Jacqueline. Oder eine Janine. Eine Nadine?"

„Falsch, falsch und falsch!", entgegnete das Mädchen auf der Mauer. Die Fransen ihrer Bluse wippten mit jedem „falsch".

„Ich gebe euch einen Hinweis:
Hat einen Kelch. Kann nicht draus saufen.
Hat Gold und kann sich doch nichts kaufen.
Hat einen Kopf und kann nicht nicken.
Hat Fäden, aber kann nicht stricken."

Haare wie Gold. Marie vermochte an nichts anderes zu denken.

„Es ist eine Blume!", raunte ihr Linus ins Ohr und schon rief er: „Du bist eine Blume und du heißt Flora!"

Das Mädchen auf der Mauer schien enttäuscht.

„Dein Rätsel war leicht!"

„War es nicht!", rief Rapunzel-Flora. „‚Flora' hat überhaupt noch nie jemand erraten. Du schummelst!"

Sie verschwand von der Mauer.

„Wie hätt ich denn schummeln sollen?", wandte sich Linus an Marie, doch Marie schwieg. Ein Ächzen und Quietschen trieb sie beide zum Tor. Strohblonde Haare schimmerten durch den Spalt zwischen den Torflügeln. Rapunzel trug rosa Sandalen und einen Jeansrock und wickelte gerade das Ende ihres zerzausten Zopfes um zwei Finger.

„Hast du geschummelt? Ja oder nein?“, fragte sie streng.

Linus schüttelte den Kopf.

„Schwöre es!“

„Bei meiner Holzapfel-Ehre“, erwiderte er fest.

Marie lugte an Rapunzel vorbei durchs Tor. Von der Burg war nur ein Stück Hof zu sehen.

„Du bist der Sohn des Wirts in Späth, oder nicht?“ Erst als Linus nickte, zog Rapunzel die Finger aus dem Zopfgewirr und reichte ihm durch den Torspalt hindurch ihre Hand. Ihr Blick huschte zu Marie.

„Das ist Marie“, stellte Linus sie vor, weil Marie schwieg. Sie musste sich zwingen, Rapunzels klebrige, kleine Hand zu schütteln.

Linus fragte: „Lässt du uns rein?“, doch Rapunzel kaute unschlüssig auf ihrer Lippe und wollte wissen: „Wie alt seid ihr?“

„Fünfzehn“, antwortete Linus bereitwillig.

„Fünfzehn“, log Marie.

Rapunzel war elf Jahre und zwei Monate und neun Tage alt. Als Linus lachte, belehrte sie ihn, dass es wichtig sei, exakt zu sein: „Meine Mutter ist Apothekerin. Sie sagt, der Unterschied zwischen hundert und hundertzehn Milligramm kann Leben oder Tod bedeuten.“

„Na gut“, erwiderte Linus. „Dann eben fünfzehn Jahre, einen Monat und“, er rechnete kurz nach, „achtzehn Tage. Willst du noch unsere Schuhgrößen wissen oder lässt du uns nun rein?“

Rapunzel ließ sie rein. Das Erste, was Marie im Hof sah, war einer der Rattenhunde. Er stemmte die Vorderbeinchen auf den Mauerrest hinter einem Stück Drahtzaun, reckte das kahle Köpfchen und kläffte wichtigtuerisch zu ihnen herab.

„Majoran und einen Schuss Essig“, raunte Linus in ihr Ohr.

Rapunzel führte sie hinauf zu den Zinnen. Durch die Fichtenwipfel sah man von hier bis nach Späth. Die Eisenbahnschienen glänzten in der Sonne und Rapunzel bückte sich nach ihrem

Buch, auf dessen Einband in verschnörkelter Schrift „Märchen- und Sagenschatz aus Südböhmen“ stand.

„Magst du Märchen?“, fragte Linus.

Rapunzel musterte ihn argwöhnisch, aber nickte dann. „Am liebsten! Bloß die hier finde ich nicht so gut.“ Sie rümpfte über den Märchen- und Sagenschatz die Nase. „Die Geschichten sind alle gleich und immer kommen dieselben Leute darin vor. Ich habe von meinem Onkel ein viel besseres Buch. In dem steckt die ganze Welt!“

„Die ganze?“ Linus tat beeindruckt. „Was denn, ich etwa auch?“

„Natürlich. Mein Onkel sagt, jeder ist eine Figur aus einem Märchen.“

„Und du bist Rapunzel.“

Sie schien erst verdutzt und kicherte dann. „Ich wohne wirklich in einem Turm! Und meine Mutter will mir immer die Haare schneiden, aber ich lasse sie nie.“

„Weil sie doch lang genug für deinen Prinzen bleiben müssen.“ Linus nickte, um ihr zu zeigen, dass er den Gedanken für sehr vernünftig hielt.

„Wenn ich Rapunzel bin, wer bist dann du?“

„Ein Prinz“, erwiderte er sofort. „Sieht man doch.“

„Aber das geht nicht, wenn dein Vater der Wirt ist.“ Sie überlegte. „In ‚Tischlein deck dich‘ kommt, glaube ich, ein Wirt vor.“

„Hat er einen Sohn, der ein Prinz ist?“ Linus versuchte so dreinzuschauen, als würde er sich keinesfalls mit weniger zufrieden geben.

„Glaube ich nicht. Ich werde aber nachlesen.“ Rapunzel wandte sich an Marie. „Und du. Wer bist du?“

„Niemand und keiner“, sagte Marie.

Rapunzels Augen waren strahlend blau. Ihrem Blick zu begegnen fühlte sich an, wie vornüberzukippen und in einen Brunnen zu fallen.

„Soll ich dir helfen, es herauszufinden?“

Ich bin verdammt noch mal keiner!, wollte Marie schreien und vielleicht tat sie es, denn Rapunzel wirkte plötzlich erschrocken.

„Du weißt es“, beschuldigte sie Marie. „Du weißt es und willst es mir nicht sagen. Aber ich finde es heraus.“

„Hör auf mit dem Schwachsinn! Sonst ...“ Marie wusste nicht was, wusste nicht, was sie Rapunzel antun oder androhen könnte: diesem kleinen Mädchen mit dem zerzausten goldenen Zopf und den Brunnenaugen, das auf einer Burg über der Welt thronte, mit einem Prinzen an seiner Seite. Etwas Dunkles stieg in ihr hoch.

Rapunzel fing an zu blättern. „Vielleicht eine böse Stief...“

„Hör auf!“ Marie entriss ihr das Buch und hielt es zwischen die Zinnen, in den Wind über den Wipfeln.

„Marie!“, warnte Linus.

Rapunzel aber sagte nichts, sondern stand nur da: ein Prinzesschen, das wusste, dass ihm die Welt gehörte. „Tu es!“, forderte sie Marie plötzlich heraus. „Ich habe die Geschichten alle schon gelesen und ich will keine ein zweites Mal lesen. Sie handeln alle von einem Mann aus Böhmen und immer hat ihm der Teufel geholfen.“

„Marie, gib ihr das Buch zurück.“

Sie wollte es fallen lassen, doch ihre Finger krampften sich fester um den Einband. Fichtennadeln tanzten wie Schneeflocken im Wind und der Rattenhund auf seinem Mäuerchen kläffte.

Marie legte das Buch zwischen die Zinnen.

„Drei Versuche“, brach Rapunzel schließlich das Schweigen. „Drei musst du mir lassen, dann gebe ich auf.“

Von fern war das dumpfe Brummen eines Wagens zu hören, der sich über die Forststraße quälte.

Rapunzel flüsterte: „Meine Eltern!“ Der Rattenhund schoss hinter seinem Zaun hervor und wetzte über den Burghof.

Rasch verließen Linus und Marie die Burg. Draußen duckten sie sich ins Gebüsch und sahen zu, wie das Auto stehen blieb, wie Herr Doktor Nader ausstieg und das Burgtor öffnete und wie er und das Auto mit Frau Doktor Nader auf dem Fahrersitz im Hof verschwanden.

„Was war das vorhin mit dem Buch?", fragte Linus nach einer Weile. Marie antwortete nicht.

Von oben winkte Rapunzel und schrie: „Du heißt nicht Hinz oder Kunz, aber vielleicht heißt du Rumpelstilzchen?", und ihre goldenen Haare schimmerten und glänzten.

Marie wandte sich ab, den Grundfesten der Burgmauer zu. „Noch zwei Versuche", teilte sie den Steinen mit.

Zurück bei Berta riss Marie die Vorhänge aus dem Bottich und wrang sie wütend aus, bis ihre Hände rot und rau waren. Rapunzels blaue Augen spiegelten sich im Wasser, ihr vorwurfsvolles Puppengesicht und, wann immer ein Sonnenstrahl die Seifenlauge schillern ließ, ihr goldenes Haar. Marie wünschte sich nun, sie hätte auf die Frage, wer sie war, nichts geantwortet oder hätte das Buch zerfetzt und die Schnipsel in den Wind geworfen; und sie malte sich Linus' Blick aus, wenn sie Rapunzel von den Zinnen gestoßen hätte.

Sie klammerte die Vorhänge zum Trocknen an die Wäscheleine und fegte die Stube, fütterte die Ziegen, gab einsilbige Antworten auf Bertas Fragen und erbrach ein wenig vom abendlichen Haferbrei hinter dem Pferch.

Ein Tag verging. Noch einer.

Linus kam wieder und sagte kein Wort darüber, was auf der Burg geschehen war. „Ich hab doch ein bisschen geschummelt", gestand er Marie stattdessen. „Als ich nämlich meiner Mutter von ihr erzählt habe, hat sie ‚die Nader-Flora, das Blumenmädchen' gesagt und da fiel mir ein, dass ich den Namen schon mal gehört hatte. Sonst wär ich nie auf Flora gekommen. Wer heißt denn auch so?"

Marie ging mit ihm zur Burg und hätte nicht erklären können warum.

Mitten im Wald platzte Linus heraus: „Hanna musste fort. Meine Kusine“, erinnerte er sie, als hätte sie es schon vergessen. „Ihre Eltern haben sie weggeholt, weil sie schwanger war.“ Er starrte zu Boden und bohrte mit der Schuhspitze in einem Erdloch. „Ich wusste schon länger, dass etwas mit ihr nicht stimmte. Sie wollte mir bloß nicht verraten was. Sie war furchtbar schnell eingeschnappt, nannte mich ein Baby und sagte, dass ich aufhören müsste, mich an ihre Rockzipfel zu hängen.“ Er grinste schwach. „Einmal kreischte sie los und alle stürmten in die Küche, selbst die Gäste, dabei waren ihr nur die Schnitzel ein bisschen zu braun geraten, nicht mal richtig verbrannt.“

Hör auf mit dem Scheiß-Essen, wollte Marie schreien. *Dein verdammtes, beschissenes Essen kotzt mich an!*

Er sah plötzlich auf und musterte sie eindringlich. „Ich finde Rapunzel nett. Ich will nicht, dass du gemein zu ihr bist. Aber dich finde ich auch nett.“

Deutlich hörte Marie ein „noch“. Es lag in der Luft wie Schnee, der darauf wartete zu fallen.

Bei der Burg rief Linus: „Lässt du dein Haar herunter?“ und der goldene Schimmer zwischen den Zinnen verschwand. Ein silbernes Blitzen an einer Schnur sauste an seiner Stelle herab und Linus reckte sich, um den Torschlüssel zu haschen.

Rapunzel erwartete sie im Hof, einen Rattenhund auf dem Arm, ihr Gesicht knallrot vom Laufen und die Haare vom Wind zerzaust. Marie konnte nicht wegsehen.

„Sind deine Eltern da?“, fragte Linus. Rapunzel nickte. „Dann sollten wir ihnen Hallo sagen.“

„Nein“, erwiderte Rapunzel schnell, „nein, ihr dürft sie nicht stören“, und Marie wusste, dass sie log, dass Rapunzel allein war und es vor ihr nur nicht zugeben wollte.

„Dann müssen wir dir Hallo sagen, Gulasch." Linus hielt dem Rattenhund seine Hand hin. Der Rattenhund schnappte nach den Fingern. Marie sah, wie Rapunzel mutiger wurde und das Kinn reckte. „Ich habe nachgelesen", wandte sie sich an Linus. „Der Wirt hat keinen Sohn und er bestiehlt und betrügt seine Gäste. Ich glaube nicht, dass das passt."

„Macht nichts", sagte Linus. „Ich nehm sowieso lieber einen Prinzen. Am besten einen, der jagt und sich dann ein ordentliches Wildschweinschnitzel brät."

Rapunzel kicherte. „Komm", rief sie, „komm, ich zeig dir was!", und sie hüpfte ihm voran, als wäre Marie gar nicht da. Hüpfte über den Burghof mit ihren rosa Sandalen und einem Rucksack, der knallrot leuchtete wie ihr Gesicht.

Sie führte Linus in den hinteren Teil des Hofes. Da gab es einen Brunnen, der mit einer Steinplatte bedeckt war, einen alten Pferdestall und eine Schmiede, das war jetzt die Garage. Ganz im hintersten Winkel, wo die spitz zulaufende Mauer alles in düstere Schatten tauchte, lag die Falltür. Rapunzel schien enttäuscht, weil Linus die Geschichte vom Grafen und seinen Feinden schon kannte. Woher aber das Loch im Burghof kam, wusste er nicht, und das stand in dem böhmischen Buch. Ein Mann aus Böhmen hatte nämlich in einer Flasche den Teufel bei sich getragen und als der Graf davon hörte, ließ er ihn rufen. Er versprach dem Mann reichen Lohn, wenn er ihm einen Weg verschaffen könnte, um seine Feinde in die Hölle zu schicken. Der Mann wollte sich die Belohnung gern verdienen. Er entstoppelte im Burghof seine Flasche und befahl dem Teufel, dreimal kräftig zu pusten. Und der Teufelsatem brannte ein Loch durch den Fels, das bis in die Hölle reichte.

Marie sah nicht in den Schacht. Die Hölle war für sie nicht neu.

Schließlich zog Rapunzel noch das Märchenbuch des Onkels aus ihrem Rucksack. Sie zögerte, blickte Marie kurz an, ehe sie es Linus gab. Er blätterte es durch und reichte es dann Marie. Sie las die Warnung in seinem Blick, dachte an Zinnen, an die Falltür, einen Brunnen und griff nicht danach.

„Was werdet ihr heute tun?", fragte Rapunzel hoffnungsvoll.

„Ziegen hüten", antwortete Linus.

Sie kicherte. „So wie in ‚Tischlein deck dich'? Kann ich mitkommen?"

„Klar", sagte er, „wenn du ihnen nicht die Brennnesseln wegfutterst. Ich weiß einen tollen Platz. Den besten."

„Nein", warf Marie ein. Das erste Wort, seitdem sie hier waren. Der Platz am Fuß der Felswand stand Rapunzel nicht zu. Rapunzel sollte ruhig glauben, dass das Loch, das der Teufel gepustet hatte, bis in die Hölle reichte.

Erneut lag eine Warnung in Linus' Blick. Rapunzel schaute von einem zum anderen, bevor sie sich an ihn wandte. „Wem gehören die Ziegen?"

„Der schwarzen Berta." Rapunzels Lippen formten ein erstauntes kleines „O". Marie fand, sie sah aus wie ein Fisch, der zu spät bemerkt hatte, dass an dem Köder ein Haken hing.

„Aber die frisst doch Kinder!", raunte Rapunzel.

Marie schüttelte den Kopf. *Mich hat sie nicht gefressen.*

„Die Frau, die bei uns putzt, sagt, dass sie eine Hexe ist! Man nennt sie die Eisen-Berta, weil Eisen gegen Hexen hilft, und die schwarze Berta, weil sie sich der schwarzen Kunst verschrieben hat!"

Herausfordernd wandte sich Marie an Linus. „Stimmt das?"

„Weiß ich nicht." Er druckste herum. „Ich dachte, das sei wegen der Haare. Meine Mutter heißt die schwarze Trine, weil es damals in ihrer Klasse zwei Katharinas gab, und die andere war blond."

Rapunzel ließ sich nicht beirren: „Ich habe gehört, sie ist bloß ein einziges Mal im Leben in einer Kirche gewesen. Und dass sie nicht ins Dorf geht, weil sie sonst ihre Hexenkräfte verliert."

Welche Hexenkräfte? Glaubte Rapunzel etwa, dass Berta nachts auf einem Besen herumflog? Wenn sich ihre Ziegen selbst füttern würden und sie ihr Haus sauber hexen könnte, wozu bräuchte sie dann Marie?

„Sie ist keine Hexe!“, schnappte Marie. „Sie ist nur eine alte Frau!“

Dennoch wartete Rapunzel lieber hinter dem Plumpsklo, während Marie und Linus die Ziegen aus dem Pferch holten. Leider war Berta auf dem Klo und Rapunzel quiekte erschrocken, als sich die Hexe neben ihr aus dem Bretterverschlag zwängte.

„So so, die kleine Naderin“, knurrte Berta. Sie schien nicht erstaunt, Rapunzel zu sehen. „Brauchst dich bei Gott nicht zu fürchten. Mein Topf ist mit Haferbrei so voll, da passt du nicht mehr hinein, und ich hab auch nicht genug Zähne, um Kinder zu fressen.“

Rapunzel wurde blass wie Milch. Ein Teil von Marie wollte sie in den Arm nehmen und trösten, doch der andere Teil, und der war deutlich größer, weidete sich an Rapunzels Angst.

„Flora N-nader, f-freut mich“, stammelte Rapunzel schnell und floh.

Später auf dem Weg raunte sie ihnen zu: „Ich glaube trotzdem, dass sie eine Hexe ist! Darum habe ich sie gegrüßt. Man muss böse Hexen grüßen, sonst verwandeln sie einen in eine Katze oder einen Frosch.“

Maries Finger krallten sich um ihren Stock, doch ehe sie etwas tun konnte, sagte Linus mit einer Bestimmtheit, die keinen Widerspruch duldete: „Sie ist keine böse Hexe.“

„Du meinst, sie ist eine gute?“ Rapunzel flüsterte noch immer. „Eine, die will, dass man den Armen hilft? So wie die Frau Bercht?“

„Die Frau wer?“

„Frau Bercht. Sie verkleidete sich als arme Bettlerin und eine Bauerntochter gab ihr ein Stück Brot, das war aber deren Vater nicht recht. Er verprügelte seine Tochter und hetzte seine Hunde auf die Bettlerin. Da zündete ihm die Frau Bercht zur Strafe den Hof an. Nur die Tochter wurde vor den Flammen beschützt."

„Und die Hunde?"

Rapunzel schüttelte den Kopf.

„Das nennst du eine gute Hexe?" Linus war empört. „Was können die armen Hunde dafür?"

„Sie haben die Frau Bercht gebissen!"

„Weil sie der Bauer sonst auch verprügelt hätte!"

Den ganzen restlichen Weg über stritten Linus und Rapunzel, ob die Hunde schuldig oder unschuldig waren. Marie ging langsamer und hielt genügend Abstand, damit sie die Worte nicht mehr hörte, nur die Stimmen.

Der Moorsee, zu dem Linus sie führte, lag mitten im Wald. Dahinter ragte eine Felswand auf, von der zahlreiche Steine abgebröckelt waren. Riesige Brocken säumten das Ufer und spiegelten sich im trüben Wasser, doch es gab auch viel kleinere, die Marie an zersplitterte Knochen denken ließen. Die Brühe des Sees war dick und klumpig und erinnerte sie an Bertas Haferbrei.

Linus zog seine Schuhe aus, rollte die Hosenbeine bis zu den Knien hoch und watete hinein. Er beugte sich weit vor und streckte die Arme ins Wasser. Als er sich aufrichtete, waren sie schwarz wie Rabenflügel.

„Kommt!“ Er winkte. „Moorbäder sind gesund!“

Marie tat keinen Schritt und Rapunzel zog zwar die Sandalen aus und folgte ihm ans Ufer, doch sie ekelte sich dann vor dem schwarzen Wasser. „Da sind Geister drin, oder?“

„Vielleicht“, sagte Linus. Das klang sehr wie ein Ja.

„Ihr Mädchen seid Weicheier“, beklagte er sich. Als sie aber nachher gemeinsam auf einem der größten Felsbrocken saßen, erzählte er ihnen von den Toten im See. Dort auf dem Grund lag zum Beispiel ein Förster. Den hatten einst vor langer Zeit ein paar halb verhungerte Wilderer aus Späth erschlagen und seine Leiche ins Wasser geworfen. Dann gab es noch den alten Jäger, der betrunken auf dem Heimweg vom Feuerwehrfest ersoffen war. Das war in den Ferien nach Linus' erstem Schuljahr passiert. Und vor vielen, vielen hundert Jahren hatten die Leute aus Späth im Moorsee eine junge Hexe ertränkt, weil sie mit dem Teufel schwanger gegangen war.

„Der Teufel wurde darüber so zornig, dass er in die Felswand gefahren ist und die Splitter abgebrochen hat, die hier überall rumliegen", schloss Linus und zupfte getrocknete Moorfetzen von seinen Armen. Er warf sie in den Wind, wo sie wie Asche tanzten. Oder wie pechschwarzer Schnee.

Nach einer Weile wagte sich Rapunzel doch ins Wasser. Sie zog aber den Fuß gleich wieder heraus, denn die Geister haschten nach ihren Zehen.

Linus beruhigte sie: „Die ziehen nur Schuldige rein. Du bist bestimmt nicht schuldig."

„Vielleicht doch", murmelte Rapunzel.

„Das ist bloß eine blöde Geschichte. Lass dir davon nicht den Spaß verderben. Komm, wir gehen schwimmen, und wenn du Angst hast, hältst du dich an mir fest."

Rapunzel aber trug keine Badesachen und wollte auch nicht nackt ins Wasser, obwohl Linus sagte, sie könne ruhig so reingehen. „Bei dem vielen Schlamm sieht man nichts. Haben wir immer so gemacht."

„Hanna auch?" Die Worte rutschten aus Maries Mund. Linus' Miene verdunkelte sich. „Hanna nicht", gab er zu. „Sie wollte überhaupt nicht ins Moor."

Da niemand mit ihm schwimmen ging, zeigte er ihnen, wie man flache kleine Steinsplitter über den See hüpfen ließ. „Platteln" nannte er das. Er konnte es ausgezeichnet, schleuderte die Steine fast nachlässig und keiner sprang weniger als dreimal auf.

Rapunzel war wählerisch und exakt. Ihre Steine mussten flach wie die von Linus sein, aber auch schön oval, und genau richtig in ihrer zarten kleinen Hand liegen. Die meisten warf sie nach ihrer sorgfältigen Prüfung bedauernd wieder zurück zwischen die Felsen.

Linus packte inzwischen einen klobigen, faustgroßen Splitter, wog ihn in der Hand und schleuderte ihn. Er sprang dreimal auf.

„Du schummelst!"

„Oder ich bin einfach gut", sagte Linus. „Ich bin ein Plattel-Genie."

„Oder du trainierst heimlich", sagte Rapunzel.

„Klar trainier ich heimlich."

Rapunzel musterte ihn erwartungsvoll. „Wie viel?"

„Fünf Stunden täglich. Manchmal sechs, aber nur, wenn ich keine Schule habe."

Rapunzel streckte ihm die Zunge heraus.

Marie fand einen Stein und wollte ihn unauffällig werfen, doch Linus beobachtete sie. „Gar nicht mal schlecht. Ein bisschen flacher, so ..." Er zeigte es vor und reichte ihr dann einen Splitter. Ihre Hände berührten sich.

Nein! Marie schleuderte den Stein so schwungvoll, dass er spritzend im See versank. *Nein.* Sie warf nicht mehr und sah nur zu. Linus schien ein wenig enttäuscht.

Rapunzels Haare hingen wirr und ihre Wangen waren gerötet. Der Moorsee schluckte mit lautem Schmatzen alle Würfe, die guten wie die schlechten, und Marie malte sich aus, wie die Steine den Toten auf die Köpfe fielen und den Förster ein zweites Mal erschlugen. Sie dachte an Hanna, die nicht ins Moor wollte, und an das Kind in ihrem Bauch. Sie dachte an die Wilderer. Was hatten sie empfunden, als die Leiche des Försters versunken war? Hatten sie gelacht oder war ihnen übel geworden? Und plötzlich sah Marie auch die Hexe vor sich. Sah, wie man ihre Schultern packte und ihr Gesicht nach unten presste, wie ihr das schwarze Wasser in Mund und Nase quoll. Trotz der sommerlichen Hitze taumelten eisige Flocken in ihren Kragen und schmolzen auf ihrer Haut. Einen furchtbaren Herzschlag lang konnte sie nicht atmen.

Dann sogen ihre Lungen so gierig die Luft ein, dass es weh tat. Sie schrak aus den Gedanken hoch. Totenstill und schwarz lag der See vor ihr.

„Hat der böhmische Wolf deine Zunge geholt?“, knurrte Berta beim Abendessen.

Marie schüttelte stumm den Kopf. Obwohl sie ihre Jacke und darüber noch Bertas Strickjacke trug, gelang es ihr nicht, das Gefühl von schmelzendem Eis zu vertreiben.

„Wo wart ihr?“

Vielleicht, durchfuhr Marie eine jähe Ahnung, nannte man Berta wegen der Augen die Eisen-Berta. Sie waren grau und ihr Blick fühlte sich an wie ein Nagel, den einem jemand ins Hirn trieb.

„Beim See.“ *Vor vielen, vielen hundert Jahren*, hatte Linus gesagt, aber dennoch tauchte in ihr der absurde Gedanke auf, ob Berta die junge Hexe gekannt hatte.

„Hat euch der Holzapfel Gespenstergeschichten erzählt?“ Missbilligend wackelte Berta mit dem Kinn. „Glaub das Gefasel bloß nicht – lebt ja keiner mehr, der noch die Wahrheit wissen könnt. Nur der Jäger, der Pöschko-Karli, der kullerte wirklich im Suff den Hügel runter wie ein Fichtenzapfen und war schon tot, eh er im Wasser landete. Die Feuerwehr musste ihn mit einem Netz rausfischen. Jetzt liegt er zwischen seinen Eltern begraben.“

„Ich glaube nicht an Geister“, sagte Marie und das stimmte.

„Gut. Wir haben nämlich keine und auch keine Heinzelkerle, die meine Töpfe schrubben. Das machst schön du. Ich geh derweil ins Bett und klappere mit meinen alten Knochen.“ Im Vorbeiwatscheln wollte sie Marie einen Klaps auf die Schulter geben. Marie zuckte zusammen und Berta führte die Geste nicht aus.

Bei seinem nächsten Besuch brachte Linus einen Sack voll alter Kleider und Schuhe mit. „Meine Mutter hat den Dachboden ausgemistet“, erklärte er Berta fast entschuldigend. Er wandte sich an Marie. „Sie ist eher klein, ungefähr deine Größe. Und weil einige Sachen noch recht schön sind, lässt sie fragen, ob du und Berta nicht das ein oder andere Stück brauchen könnt.“

Linus’ Mutter musste jünger und reicher sein, als Marie gedacht hatte: Die meisten Hosen waren Jeans und fast neu, und auch die T-Shirts sahen nicht sehr abgetragen oder mütterlich aus. Linus tat, als wisse er nicht, was in dem Sack war, aber weil ganz unten ein schwarzer Bikini mit silberner Schnalle lag, glaubte ihm Marie nicht. Berta warf den Bikini auf ihren rasch wachsenden Stapel und Marie wagte nicht zu widersprechen.

Auch das einzige Kleid, rot mit schwarzem Gürtel, legte Berta für sie beiseite. „Für hier oben ist es zu schön, aber wenn im Herbst die Schule anfängt ...“

Marie wich dem Blick der Eisenaugen aus und verbarg beide Hände hinter dem Rücken, damit Berta ihr Zittern nicht bemerkte. Glaubte Berta wirklich, sie würde bis zum Herbst bei ihr bleiben? Wenn erst die Schule wieder anfing, wäre sie längst in Freibach oder vielleicht in der Hölle.

Sie starrte auf das rote Kleid und sah nichts mehr als Blut – Blut, das aus goldenen Haaren rann. Im nächsten Moment verschwammen das Kleid und Bertas blutige Hände, die es hielten, vor ihren Augen: Ein Gestöber aus Flocken hüllte sie ein, als hätte jemand eine Schneekugel geschüttelt. Alles bis auf den Schnee war trügerisch und falsch. Es gab für Marie keine Zuflucht, keinen sicheren Ort.

Morgen würde sie aufbrechen, gleich morgen, nahm sie sich vor.

In der Früh aber hieß es erst einmal Haferbrei kochen, dann die Ziegen hüten und die Stube fegen und waschen und schrubben.

Marie tat widerspruchslos alles, was Berta ihr auftrug, und war insgeheim über jeden weiteren Aufschub froh. Abends konnte sie trotz ihrer Erschöpfung nicht einschlafen. Im schwachen Mondlicht, das durch den Spalt zwischen den Vorhängen fiel, holte sie ihre neuen Kleider aus dem Schrank und stapelte sie neben dem Bett. Außer dem Kleid, dem Bikini und einem Paar Sandalen hatte sie Jeans und kurze Hosen, zwei Pullis, eine Jacke und ein halbes Dutzend T-Shirts, deren Ärmel allesamt über die Schultern reichten.

Ihre Finger huschten unter das T-Shirt, das sie trug, und betasteten dort die Narbe.

Schließlich fiel ihr Blick erneut auf den Bikini. Sie ahnte, wem er gehört haben musste, und fragte sich, ob ihn Hanna in der Eile ihres Weggangs vergessen hatte.

Als sie das nächste Mal allein die Ziegen hütete, nahm sie ihn mit. Unter Meckis, Scheckis und Fleckis verständnislosen Blicken knotete sie das Oberteil um einen Stein, füllte das Höschen mit Splittern und warf beides so weit sie konnte in den See.

„Verratet mich nicht", befahl sie den Ziegen. Und den Geistern des Försters und des Pöschko-Karlis und der Hexe, falls es sie gab.

Die Sträucher um den Moorsee waren besonders saftig und grün. Nur deshalb hütete Marie dort immer wieder die Ziegen. „Wenn eine versinkt, holen du und der Holzapfel sie wieder heraus, und seine Gespenster sollen euch helfen!“, warnte Berta. Doch sie ließ Linus und Marie gewähren.

An heißen Tagen watete Linus in den See. Marie dagegen hatte stets Ausreden parat: Sie musste auf die Ziegen achten. Sie ekelte sich vor dem schwarzen Wasser. Sie konnte auch nicht schwimmen. Nach einer Weile hörte Linus auf zu fragen.

Meckis, Scheckis und Fleckis Zicklein waren alle drei gescheckt, aber das Weibchen hatte besonders spitze Hörner und das eine Böcklein fraß am liebsten Disteln, das andere Brombeerzweige. Marie fand, das gab ihnen das Recht auf eigene Namen. Sie nannte Meckis Böcklein „Distelfresser“ und Fleckis „Zuckerstreusel“, weil sein Maul wie mit weißem Puderzucker bestreut aussah. Das Weibchen mit den spitzen Hörnern war die Kleinste. Ihre Äuglein funkelten vor Mut und sie balgte sich so gern mit ihren Brüdern, dass Marie sie „Fürcht-mich-nicht“ nannte.

Linus rief das Weibchen „Mädi“. Oder „Schecki“ oder „Mecki“ oder „Flecki“.

„Bring ihr Manieren bei!“, mahnte er Schecki, als die Kleine hinter Distelfresser herjagte und dabei Schecki fast umgerannt hätte. Schecki aber hatte eine Engelsgeduld, zumindest was ihr Töchterlein anging.

„Musst du nicht heim und helfen?“, fragte Marie, weil es Samstag und schon Mittag war und weil samstags das ganze Dorf zum Mittagessen ins Ende der Welt kam. Sie saßen auf des Teufels zersplitterten Felsen, Linus in seiner Unterhose und schwarz bis zum Kinn.

„Sind doch alle auf Urlaub“, erwiderte er träge. „Das halbe Dorf in Jesolo, die andere Hälfte in der Türkei und dann noch ein paar mit dem Pfarrer in Rom. Man kommt sich vor wie in einer Geisterstadt. Nur Walter-Alter hockt bei uns in der Stube.“

Von seinen Geschichten kannte Marie die Bewohner Späths so gut, als wäre sie im Dorf aufgewachsen: kannte den lahmen Vinzerl, der kellnerte, seit er nicht mehr Lastwagen fahren durfte; kannte die Wirtin zur Eisernen Hand und ihre krummbuckelige Mutter und den Sohn, der Hand-Fritz hieß; kannte auch Walter-Alter, den Müllmann. Er war mit dem Hand-Fritz zur Schule gegangen und spielte deshalb abends im Wirtshaus zur Eisernen Hand auf der Klampfe, wofür er ein Gulasch mit Semmel und zwei Bier bekam.

„Vorige Woche“, erzählte ihr Linus, „hat er sich beim Tarockieren mit dem Hand-Fritz zerstritten. Jetzt will er bei uns spielen, bloß mein Vater erlaubt es ihm nicht.“

Sind ja alle auf Urlaub. Wen sollt sein Gejaule schon stören?, hatte Linus’ Mutter ein gutes Wort eingelegt. Sie war selbst mit Walter-Alter zur Schule gegangen,wirklich bitter hatte von ihm Polka tanzen gelernt, als er noch jung und nicht so versoffen gewesen war.

Linus’ Vater aber blieb standhaft: Auch Wirte hätten ein Recht auf menschenwürdige Arbeitsbedingungen und *„Weine nicht, Katharina“*, was Walter-Alter immer nach dem zweiten Bier sang, käme ihm sicher nie ins Haus.

„Und wenn er ihm nur ein Bier gibt?“ Obwohl es Marie egal

sein konnte, tat sie doch gelegentlich vor Linus und vor sich selbst so, als wäre sie ein Mädchen aus dem Dorf.

„Vinzerl gibt ihm das zweite. Das ist das Problem. Er schmuggelt ihm schon das Gulasch aus der Küche und meine Mutter tut, als sähe sie's nicht. Die sind eben alle miteinander zur Schule gegangen."

Marie wusste, wie die Gaststube der Eisenhändigen aussah und wie es dort stank: verräuchert, mit Hirschgeweihen statt Haken für die Garderobe und einem sehr vergilbten Jugendschutzgesetz über der Tür. Sie wusste, welcher der beste Platz im Gastgarten am Ende der Welt war: der am Vierertisch ganz hinten unter der Linde mit Blick auf den Kirchturm. Und sie wusste, wann der Doktor zu seiner Freundin in die Stadt fuhr – montags und mittwochs – und wie Vinzerls ungetaufte Nichte hieß: Lorelei.

Einige Tage später bekam auch Rapunzel die Geschichte von Walter-Alter zu hören. Sie musste fragen, was eine Klampfe sei. „Eine Gitarre", erklärte ihr Linus auf der Spitze des Wannerkogels, die sie zu dritt erklommen hatten.

Von der Kogelspitze sah man bis nach Böhmen. Drüben gab es noch wilde Wölfe. Linus war mal mit Hanna auf einen Hochstand geklettert und hatte ein ganzes Rudel auf der Pirsch erspäht. Die Grenze verlor sich im Wald, dort wie da, und die Fichtenwipfel schienen auf der anderen Seite genauso dicht und grün.

„Hier kann man die Zeit anhalten", behauptete Rapunzel, als sie im windzerzausten Gras auf der Kuppe lagen. „Ein Mann aus Böhmen hat es mit einer goldenen Uhr getan. Der Teufel hat ihm geholfen."

„Die Zeit anhalten? Das bringt doch nichts." Linus drehte sich zu ihr: „Ich hab gerade Hunger. Wenn jetzt die Zeit stehen bleibt, lieg ich ewig da und hab ewig Hunger und krieg nie ein Schnitzel. Die Zeit zurückdrehen, das wär was! Oder vorwärts, dann säße ich schon vor meinem Teller." Er schnalzte mit der Zunge.

„Der Mann wollte sie ja zurückdrehen", wusste Rapunzel. „Er hatte nämlich eine umgebracht, die er liebte, und der Teufel sagte ihm, so könnte er sie wieder zum Leben erwecken. Aber natürlich hat er den Mann betrogen."

Das ist Schwachsinn, wollte Marie schreien, *das ist der größte Schwachsinn, den ich je gehört habe!* Sie war plötzlich so fuchsteufelswild, dass sie aufsprang und rannte, zur steilsten Stelle rannte und atemlos stehen blieb, hoch über allem, hier auf der Spitze der Welt. Mit hämmerndem Herzen starrte sie in den Abgrund. Das Dorf unter ihr wirkte winzig und hilflos. Wie Häuser in einer Schneekugel. Marie ballte die Fäuste. Ein Schlag genügte, um den Kirchturm zu zerschmettern. Und den Bahnhof und die Eiserne Hand und das Ende der Welt mit seiner uralten Linde im Garten. Ein zweiter Hieb zertrümmerte die Burg Wannstein. Von den Zinnen fiel ein Schneekugelmädchen und stürzte schreiend in das tiefe, dunkle Loch im Burghof.

„Einmal haben mein Vater und ich das alles nachgebaut", hörte sie Linus sagen. Der Wind trieb seine und Rapunzels Stimmen zu ihr, verhöhnte Marie, weil er wusste, dass sie nach ihnen greifen wollte und es nicht konnte.

„Die Häuser waren Bierdeckel und meine Plastikritter die Leute. Da, schau, siehst du den knallrosa Fleck? Das ist ein Kinderwagen. Vinzerls Schwester geht jeden Tag mit Lorelei raus."

„Ein schöner Name", fand Rapunzel. „Schön und traurig."

„Nein, bescheuert. Wer will schon Lorelei Miesmüller heißen? Getauft wird sie auf Laura, weil der Pfarrer Lorelei nicht gelten lässt. Und fürs Taufessen wollen sie lauter komisches Zeug, gratinierte Was-weiß-ichs und Mousse-au-sonst-was und bloß keine Schnitzel!"

„Lorelei", wiederholte Rapunzel. „Flora und Lorelei." Sie zog jedes „o" lang und verwandelte beide Namen in einen einzigen, langen Seufzer. „Das würde so gut passen! Ich hätte gern eine Schwester."

„Schreib's dem Christkind. Vielleicht bringt es dir eine", erwiderte Linus leichthin, doch sie entgegnete: „Mich zu bekommen war schwierig genug, sagt meine Mutter."

Mutter, Mutter, höhnte der Wind. *Schwester, Mutter.* Die Luft um Marie wurde kalt. Jeder Atemzug stach plötzlich in ihren Lungen. Vor ihren Augen begannen Flocken zu fallen, sachte wie verblühter Löwenzahn, trügerisch weich und zart, bis sie schmolzen.

„Es regnet!", hörte sie Rapunzel rufen. „Nein, es schneit! Wie kann es im Sommer schneien?"

Auch Linus wirkte verdutzt, als Marie hinsah, doch er grinste übers ganze Gesicht. „Frag das Christkind", riet er Rapunzel. „Warte nur, gleich kommt's!" Er und Rapunzel sprangen auf, um die Flocken mit der Zunge zu fangen. Linus grinste wie blöde und Rapunzel quietschte vor Begeisterung.

Sachte, doch unerbittlich fiel der Schnee. Fiel auf das Schneekugeldorf im Tal, auf Marie, auf die Burg, auf den Wald, auf die Spitze der Welt. Bald wurde er zu Regen, zu dicken, schweren Tropfen. Linus grinste nicht mehr und sah sorgenvoll zum Himmel hoch. Rapunzel jammerte, weil sie kein Regenzeug mithatte. Sie wandten sich zum Gehen. Auch Marie schlitterte so wie sie den steilen Hang hinab. Linus war halb aus seiner Jacke geschlüpft und hielt sie schützend über sich und Rapunzel. Klatschnass lief Marie hinter ihnen her.

Daheim nannte Berta sie eine Närrin und wedelte ihr mit einem dünnen, zerschlissenen Handtuch vor der Nase herum. „Reib dir die Haare trocken", knurrte sie. „Nicht dass du mir kränkelst und dir gar einfällt, im Bett zu faulenzen."

Sie goss Milch in Maries Becher, die so heiß war, dass sie dampfte. Aber egal wie tief Marie den Dampf einatmete, egal wie schmerzhaft ihr jeder Schluck die Kehle verbrannte und wie fest sie die Hände um den heißen Becher krallte, sah und spürte und schmeckte sie doch nichts als Schnee. Sie wusste, dass sie und Berta in einer Schneekugel saßen und das geringste Rütteln ausreichen würde, damit die Flocken durchs Dach in die Stube fielen. Dass ihr der Sommerschnee folgen würde, so weit sie auch rannte.

Teil 2

Am nächsten Samstag kam Linus sehr früh. Marie hatte kaum damit begonnen, am Fenster ihrer Kammer das Bettzeug auszuschütteln, als sie ihn mit den Einkäufen aus dem Wald radeln sah. Sie schlich hinunter und hörte, wie er Berta beiläufig fragte: „Ist es recht, wenn ich Marie heut mal mit ins Dorf nehme?“

Bertas Blick wandte sich Marie zu. Marie schwieg.

„Bring dem Wagner-Bauern auf dem Weg die Mostflaschen. Und dass er sie dir ordentlich füllt“, knurrte Berta. Damit war die Sache entschieden.

Der morgendliche Wald schien sehr still, Linus dafür umso aufgekratzter. Er schob mit einer Hand das Rad und nahm die zweite vom Lenker, um zu fuchteln, während er Marie die neuesten Dorfgeschichten erzählte. Obwohl sie die Leute in seinen Geschichten schon so gut kannte, klangen ihre Namen für Marie plötzlich fremd und der Gedanke, sie zu treffen, hatte etwas Bedrohliches.

Kurz vor dem Dorf zweigte der Feldweg zum Wagner-Bauern ab. Linus plauderte weiter, bis sie den Hof erreichten. Der Wagner-Bauer war im Kuhstall. Zwar besuchte er Berta hin und wieder, aber Marie hatte noch nie mit ihm gesprochen und tat es auch jetzt nicht. Sie gab ihm die Flaschen zum Füllen und murmelte „Danke“, sagte sonst kein Wort.

Auf dem Rückweg blieb sie bei der Abzweigung stehen. „Ich muss los."

Linus war verwirrt. „Warte", begann er. „Die Berta hat gesagt, wir können noch ins ..."

„Ich muss los", fiel sie ihm ins Wort. Sie rannte, rannte den Hang hinauf und die schweren Flaschen in ihren Händen klatschten bei jedem Schritt an ihre Schenkel. Hinter sich hörte sie Linus rufen, aber sie drehte sich nicht um.

„Warst nicht lange weg", grunzte Berta, als sie gerannt kam.

Marie wich ihrem Blick aus. „'s gibt zu tun." Sie polterte die Treppe hoch und schüttelte ihr Kissen auf, dass es schneite.

Das Bettzeug war alt. Immer wieder schlüpften Federn durch die dünne Baumwolle und diesmal schüttelte Marie so heftig, dass eine ganze brüchige Naht riss. Gänsefedern tanzten im Wind.

Sie fluchte und hetzte die Treppe hinunter. Der Wind nahm die Federn auf, trieb sie höher und wirbelte sie über Marie hinweg. Sie kitzelten ihre Nase, blieben an ihrer Kleidung hängen oder landeten im Schlamm, wo sie versanken, als würden sie schmelzen.

Verzweifelt haschte Marie nach ihnen und klaubte gebückt alle auf, die sie fand, wusch die Federn heimlich im Wassertrog, rieb sie an der Bettdecke trocken, stopfte sie zurück ins Kissen, bezog es neu und hoffte, dass Berta den Schaden erst im Herbst bemerken würde.

Eine Feder war ihr jedoch entwischt. „Hast da was", knurrte Berta, als Marie tags darauf gehacktes Holz ins Haus schleppte. Sie zupfte am Ärmel von Maries T-Shirt. Die Feder segelte auf die unterste Treppenstufe, weiß wie Schnee.

Bertas Blick aber galt nicht mehr der Feder. Für einen Moment stand sie reglos, eine fleischige Hand erhoben, ehe sich ihr Wurstfinger in Maries Schulter bohrte und durch das dünne T-Shirt in die Narbe stach.

„Was ist das?"

Marie wandte sich ab. Sie wollte fliehen, doch der Flur war schmal und die Holzscheite in ihren Armen behinderten sie. Berta packte ihren Ellbogen, der Griff eisenhart.

„Was ist das?"

Selbst wenn Marie gewollt hätte, hätte sie nicht sprechen können. Sie schmeckte Schnee im Mund, als Bertas raue Finger über die dünne Baumwolle des Ärmels strichen und die Narbe abtasteten.

„Zeig's mir."

Sie schüttelte den Kopf.

„Zeig's mir!" Der Ton war diesmal schärfer, der Blick ohne Erbarmen. Marie stand reglos, während Berta den Ärmel weit genug hochschob, um die wulstige Narbe zu sehen.

„Wo hast du das her?"

Der Schnee im Mund schmolz und die Lüge floss leicht über ihre Lippen: „Bin gegen eine Glastür gelaufen."

Bertas Eisennagel-Blick hielt sie gefangen. „Bist sonst nicht so ungeschickt."

„Meine Schwester hat mich geschubst, weil ich sie geschubst habe." Auch diese Lüge war vertraut. Dennoch hätte sich Marie am liebsten sofort die Zunge abgebissen.

„Schwester, so so", knurrte Berta. „Wie heißt sie denn, deine Schwester?"

„Du hast eine Schwester?", warf Linus verdutzt ein. Er stand in der offenen Haustür.

Die Welt wurde weiß wie Schnee und schwarz wie ein tiefer, tiefer Brunnen.

„Nein", hörte sich Marie antworten. „Das war gelogen." Sie ließ die Holzscheite fallen und stürzte an Linus vorbei nach draußen, drängte ihn brutal gegen die Tür, als er nicht Platz machte.

Erst in der kalten, klaren Luft konnte sie wieder atmen. Die Ziegen meckerten im Pferch.

Schwester, höhnte der Wind. Sie wollte fort, weit, weit fort rennen, so wie sie war, in ihrem dünnen T-Shirt und ohne einen Bissen Brot in der Tasche. Ihre Beine aber trugen sie zum Pferch und sie kauerte sich dahinter. Zwei, drei neugierige Augenpaare lugten aus dem Gewühl der Ziegenleiber. Fürcht-mich-nicht schubste Zuckerstreusel mit den Hörnern, um besser zu sehen, und Distelfresser schnupperte zaghaft an Maries Fingern.

Sie blieb nicht lange unentdeckt. Kaum hob sie den Kopf, stand Linus vor ihr.

Marie wandte den Blick von ihm ab und den Ziegen zu. Sie kraulte Distelfressers hartes Köpfchen. „Hau ab! Ich hab keine Zeit. Ich muss die Ziegen hüten."

„Gut. Ich hab Zeit", sagte Linus, als hätte sie ihn nicht soeben weggeschickt.

Marie trieb die Ziegen aus dem Pferch und in den Wald. Linus folgte ihr, stets mit einem Stück Abstand und so ungewohnt stumm, dass sie sich fast nach ihm umgesehen hätte. Alles um sie verfiel in Schweigen, die Ziegen, die Wipfel, sogar der höhnende Wind. Eine schwere, erstickende Stille lastete auf dem Wald.

Marie verlangsamte ihre Schritte ein wenig. Schon war Linus neben ihr.

„Warum magst du nicht reden?"

„Weil ich verdammt noch mal nicht mag!"

„Verdammt noch mal", stimmte ihr Linus zu und wagte ein Grinsen. „Verdammt und zur Hölle noch mal." Bei ihm klang es überhaupt nicht wie Fluchen. „Da", er kramte in seiner Jackentasche und zog etwas heraus, das in eine schmierige, zerdrückte Papierserviette eingewickelt war. „Magst du ein Stück verdammten, beschissenen Gugelhupf? Ich hab ihn extra für dich mitgenommen, verdammt und zur Hölle noch mal."

Ihm böse zu sein war schwierig. Marie versuchte es trotzdem, war schroff und einsilbig und weigerte sich, den Gugelhupf zu kosten, bis ihn Linus wieder in seine Tasche steckte.

Sie erreichten den Moorsee und suchten sich ihren Weg über die Splitter des Teufels bis zu einem der großen Brocken am Ufer.

„Magst du schwimmen gehen?", fragte Linus. Doch er wirkte, als hätte er etwas anderes sagen wollen. Jäh verstummte er, fügte dann rasch hinzu: „Wenn du dich wegen der Narbe schämst, ich meine, wenn du deshalb nie wolltest ... Mir ist so was egal. Ehrlich!"

Marie sagte nichts. Wolken schoben sich vor die Sonne und der Wind strich über den Felsbrocken, auf dem sie saßen. Sie fröstelte und wünschte sich, sie hätte einen Pulli, eine Jacke mit. Als sich die Sonne nach einiger Zeit wieder durch die Wolken zwängte, ließ sie die Splitter ringsum weiß erstrahlen.

Distelfresser hatte Disteln entdeckt und war im Himmel. Fürcht-mich-nicht balgte sich mit Zuckerstreusel und Linus hatte Steine gesammelt und warf sie vom Felsbrocken in den See, schwere und leichtere, klobige und flache. Alle sprangen.

„Kennst du ‚Herz-Platteln'? Das hat mein Vater erfunden." Eins-zwei-drei-vier-fünf-sechs-sieben, der Stein hüpfte und hüpfte und versank. „Du denkst an eine, die du liebst, und wirfst. Je öfter der Stein aufspringt, desto mehr liebt sie dich." Diesmal wählte er sorgsam seinen Stein, einen flachen, handtellergroßen Splitter.

Und wenn er gar nicht springt, dachte Marie.

Linus musste es gehört haben. „Wirfst du eben noch mal." Er warf. Der Stein hüpfte weit hinaus in den See, bevor er versank.

„Siehst du?" Linus starrte sie lange an, so als wollte er mehr sagen als nur: „Siehst du, wie weit der Stein gesprungen ist?"

„Jetzt du", befahl er nach einer Weile.

Marie nahm einen Stein und dachte an eine und schleuderte ihn ins Wasser. Er versank. Sie starrte auf die Stelle, an der er versunken war. Das Wasser schien dort schwarz wie ein tiefer Brunnen, von dem man erst wusste, was darunterlag, wenn man hineingeklettert war.

„Wirf noch mal."

Sie musterte weiter die Stelle im See und schüttelte den Kopf. Das Wasser hatte nicht gelogen. Der Stein hatte nicht gelogen.

„Ist ein blödes Spiel", sagte Linus schließlich. „Meine Mutter kann auch nicht platteln. Sie und mein Vater haben deshalb sogar mal gestritten."

Marie dachte plötzlich an Rapunzels Suche nach perfekten Steinen, alle klein und rund und blendend hell wie sie. Ihr letzter war damals gesprungen, zwar nur einmal, aber dafür hoch, und sie hatte gestrahlt.

Marie kletterte vom Felsen und begann Steine zu sammeln. Sie suchte das Ufer ab, wählte aus und verwarf, bis sie drei hatte, die passten: zwei ovale und einen kantigen, spitzen. Einer der beiden ovalen hatte ein gutes, erdiges Braun und war wie Linus, der andere strahlte weiß wie Rapunzel. Der dritte war fast schwarz und hart. Und er war kantig genug, um die beiden zu zerschlagen.

Sie legte ihre Auswahl neben Linus auf den Felsen. Über die Teufelssplitter hopste Distelfresser herbei und reckte hoffnungsvoll das Köpfchen, weil er den Stein, der Rapunzel war, für eine Distel hielt. Marie schubste ihn weg.

Linus betrachtete die Steine. Sein Blick blieb an dem fast schwarzen hängen, der so gar nicht fürs Platteln geschaffen schien. Er nahm ihn und wog ihn in der Hand. „Was ...?"

Mein Herz, dachte Marie. *Mein Herz sieht so aus.*

Er starrte den Stein an, dann sie, und für einen Moment beschlich sie das absurde Gefühl, er habe ihre Antwort gehört.

„Ich geh schwimmen", entschied er plötzlich. Er legte den Stein zurück, zog seine Jacke aus und sprang leichtfüßig über die Felssplitter zum Ufer. Erschrocken hopste auch Distelfresser davon. Vom letzten Splitter rutschte er ab, doch er fing sich und landete auf allen vier Hufen. Linus schlüpfte schon aus seinen Schuhen, seiner Hose und zerrte sich das T-Shirt vom Leib. Bevor er ins Wasser watete, wandte er sich nach Marie auf dem Felsbrocken um.

„Tut mir leid, dass du so viel Angst hast!" Es klang halb mitleidig und halb herausfordernd.

Wütend sprang sie vom Felsen und lief ans Ufer. Sie streifte ihre Schuhe und Socken ab und watete in den See, zog dabei die Jeans hoch und hielt sie, während sie ging. Das Wasser ließ ihre Füße kränklich und gelb aussehen. Schwarze Flocken trieben darin wie tote Fliegen.

„Ich habe verdammt noch mal keine Angst!", brüllte sie Linus nach und tat den nächsten Schritt, rutschte auf einem schlammigen Stein aus, riss die Arme in die Höhe. Wie kalte Geisterfinger legten sich ihre Jeans um die Schenkel.

Sie wartete auf Linus' Lachen, stattdessen aber hörte sie ein freudiges Meckern.

Auf ihrem Felsbrocken hatte Distelfresser das Köpfchen in Linus' Jacke vergraben, in der Tasche, wo der Gugelhupf sein musste.

„He!", rief Linus weit draußen.

Distelfressers Köpfchen schoss hoch. Er hopste vom hohen Felsen auf einen niedrigeren. Marie sah, wie er abglitt. Hörte das schrille Meckern, das fast wie ein Kinderschrei klang, und schrie selbst, als der kleine Bock seitwärts zwischen den Splittern verschwand.

Schecki, Mecki und Flecki trabten herbei. Marie jedoch war schneller. Sie kämpfte sich durch das moorige Wasser, dass es spritzte, und rannte barfuß über scharfe Splitter auf das schrille Meckern zu. Zwischen den Felsen bemühte sich Distelfresser, auf die Beine zu kommen. Geriet in Panik, weil er es nicht schaffte. Sein Fell war blutig und zerschnitten. Ein Vorderbein hing verdreht herab.

Nein, nein, nein, hämmerte es in Maries Kopf. Sie kniete nieder. *Nein, bloß kein Blut, nein.* Mecki wollte sich an ihr vorbeizwängen. Marie boxte sie in die Seite, drohte mit der Faust. „Hau ab!"

„Marie!" Fast hätte sie auch nach Linus geschlagen. „Marie ..." Meckis Kopf tauchte erneut auf. Linus packte das Fell an ihrem Hals, schob sie weg. „Marie." Er war tropfnass und klang so hilflos, wie sie sich fühlte.

„Was tun wir?", flüsterte Marie.

„Ich weiß es nicht." Dann gab sich Linus sichtlich einen Ruck, nahm einen tiefen Atemzug. „Marie, halt mir die Ziegen vom ...", begann er. Sie aber beugte sich schon vor und packte Distel, der sich weiter abmühte, aufzustehen. Sie spürte, wie sein Herz unter dem schweißnassen Fell rasend pochte. Kaum zwang sie sich, den Blick zu dem verdrehten Bein zu wenden, wurde ihr übel: Für einen Moment schien sich das Fell zu öffnen, ragte der blutverschmierte Knochen hindurch. Blut und Knochen wie in ihren Albträumen.

„Marie!" Linus' Hände, tropfnass und schwarz vom Moor, griffen nach dem kleinen Bock. „Halt ihn mir, damit ich ..." Distel heulte auf, kaum dass ihn Linus berührte. Marie stieß Linus zur Seite, beugte sich schützend zwischen ihn und Distel. Der kleine Bock stank nach Blut und sie würgte, kniff die Lippen fest zusammen.

„Wir müssen ihn zu Berta bringen."

Marie nickte. Ihre Arme zitterten, als sie Distel aufheben wollte. Linus langte wieder an ihr vorbei. Kaum hatteKaum hatte er Distel weggehoben, spie Marie dorthin, wo der kleine Bock gelegen hatte. Sie rang nach Atem.

Ihre Füße trugen sie ans Ufer. Ihre Finger kämpften ganz ohne ihr Zutun mit Socken und Schuhbändern. „Wenn du fertig bist ...", begann Linus und versuchte zu gestikulieren. Er musste dabei das gebrochene Bein gestreift haben, denn Distel schrie vor Schmerz. Ein Schrei, der das Blut in Maries Adern gefrieren ließ.

Sie sprang auf und entriss Linus das Böcklein, presste Distel an ihre Brust und eilte blindlings über die Splitter in den Wald zu Bertas Haus.

Bertas Blick war fast schlimmer als das Winseln des kleinen Bocks. Sie nahm Marie Distel ab, legte ihn auf den Tisch und befahl ihr, die anderen Ziegen in den Pferch zu treiben. Marie schüttelte stumm den Kopf.

„Ich gehe", erbot sich Linus. Er sah von ihr zu Distel, zu Mecki im Flur, zu Schecki und Fürcht-mich-nicht in der offenen Haustür.

„Du bleibst!", schnappte Berta. Ihre Hände hielten Distel auf dem Tisch. Ihr Blick bohrte sich in Maries Augen. „Wir warten hier, bis du's getan hast."

Marie fuhr herum. Mit einem Wutschrei stürmte sie auf Mecki zu. Die schwarze Ziege war kaum mehr als ein teuflisches Augenpaar im Flur und stolperte gegen die Wand, als sie umzukehren versuchte. Ohne Stock trieb Marie sie und die anderen in den Pferch und trat nach Fürcht-mich-nicht, die ausbüxen wollte.

Dann rannte sie zurück ins Haus, die Treppe hoch, schnappte sich ihr Kissen vom Bett und polterte in die Stube. Distel hob das Köpfchen, als sie kam. Berta hatte die Ärmel ihrer Strickjacke hochgekrempelt. Ein Topf mit Wasser zischte und brodelte auf dem Herd. Trotzig erwiderte Marie Bertas Blick und Berta half ihr, das Kissen unter Distel zu schieben. Es war so weich, dass er darin versank.

„Er wird doch wieder gesund?“, murmelte Marie.

Berta wiegte den Kopf.

„Der Doktor ...“, begann Linus und verstummte, als ihn Berta ansah.

Das Wasser im Topf war kochend heiß. Marie goss es in eine Schüssel, verbrühte sich die Hände. Sie blickte nicht hin, als Berta das gebrochene Bein betastete. Starrte bloß auf das zitternde Bauchfell, auf die Kratzer und Schnitte, auf Distels Herzklopfen, das seine Rippen zu sprengen drohte. Fast schneeweiß war der kleine Bock mit nur wenigen schwarzen Flecken. Linus' Hände, die ihn hielten, waren ebenso bleich.

Er raunte: „Kannst du es schienen?“

„Könnt's versuchen“, brummte Berta. „Aber wozu? 's ist ein Bock.“ Sie nickte Linus barsch zu und Marie sah die Angst in seinen Augen.

Doch sie sah darin auch etwas anderes, Verständnis, Zustimmung sogar.

„Nein!“ Bertas Eisennagel-Blick ließ sie erschaudern, dennoch wiederholte sie das Nein. Sie krampfte eine Hand in das blutige Kissen und kraulte mit der anderen Distels Köpfchen.

„Das Tier hat Schmerzen“, knurrte Berta. „Und es ist ein Bock. Der landet im Topf, eh er anfängt zu stinken.“

„Gib ihm was gegen die Schmerzen.“ Linus' Stimme klang flehend und weniger herausfordernd als die Worte.

„Ich tu keinem Tier ein Leids an, nur damit ihr zwei euch besser fühlt“, knurrte Berta. Aber sie musterte Distel und Marie fühlte, wie er das Köpfchen hob und es an ihren Fingern rieb.

Mit einem Seufzer machte sich Berta an die Arbeit. Sie wusch die Kratzer an Distels Bauch, bellte Befehle, fuhr Linus an, ein sauberes Geschirrtuch, und Marie, ein Büschel Arnika zu bringen. Das Bein knackste hörbar, als sie es schiente. Distel zitterte danach nicht mehr ganz so stark und als ihm Linus eine Hand voll Heu brachte, begann er sogar zaghaft daran zu knabbern.

Marie rannte nach draußen, hetzte in den Wald und suchte vergeblich nach Disteln, während Mecki und die anderen Ziegen im Pferch nach dem kleinen Bock riefen. Sie stürmte zurück ins Haus, duckte sich unter Bertas Blick.

„Ist die Schiene nicht zu lose?", fragte Linus.

„Muss so sein. Wegen der Schwellung!"

Berta wandte sich Marie zu. „Das Tier hat Schmerzen. Glaub nicht, dass es keine hat." Distel hielt das Köpfchen gesenkt, knabberte an seiner Handvoll Heu. „Erholt es sich, darf es noch ein Weilchen laufen und kommt danach in den Topf. Wenn es das Bein nicht belastet, wenn's steif bleibt, sich entzündet, eitert, hilfst du mir, es von seinem Leid zu erlösen."

Maries Nein blieb ihr im Hals stecken.

Linus öffnete den Mund.

„Geh heim", knurrte Berta, ohne ihn anzusehen. „Holst dir in den nassen Sachen noch den Tod und helfen kann der liebe Herrgott, sonst keiner."

Linus ging, stumm und zitternd. Er nickte Marie zum Abschied zu, ein scheinbares „Gut gemacht", das sie nicht verstand.

Kaum war er weg, befahl ihr Berta, ein Stück Pferch für Distel abzugrenzen. Sie grummelte, als ihr Marie den kleinen Pferch-im-Pferch mit Maries Bettdecke darin zeigte.

„Er muss sonst frieren", sagte Marie.

„Du nicht, nehme ich an."

„Besser ich als er."

Berta grummelte erneut.

„Oder ich schlafe im Pferch, dann wird uns beiden nicht kalt."

Berta schnaufte. „Du bleibst mir schön im Haus! Wenn ich dich in seinem Pferch finde, landet ihr beide im Topf", und das klang nach vollem Ernst.

Die Ziegen scharten sich um Distels Pferch, drückten ihre Köpfe gegen die Absperrung und wollten sich hindurchzwängen, meckerten fragend. Distel bemühte sich aufzustehen. Bertas Hand presste ihn zurück in das blau-weiß karierte Bettzeug.

Marie wollte bei ihm bleiben, wollte den Wald nach Disteln für ihn durchforsten, doch Berta befahl ihr den Küchentisch zu schrubben und die Stube zu fegen. Marie tat alles so schnell und nachlässig, dass ihr Berta auftrug, den Tisch noch einmal zu schrubben und auch die obere Kammer und die Treppe zu fegen. Sie fragte sich, ob Berta die Verwünschungen in ihren Augen sah.

Allzu gut wusste sie, dass Beten nichts half, doch sie betete trotzdem zum lieben Herrgott, während sie die Kartoffeln für das Abendessen schälte. *Lass ihn leben und schlachte mich an seiner Stelle,* bat sie. *Du weißt, dass ich es verdiene.*

Berta watschelte hinaus. Ehe sich Marie entschieden hatte, ob sie es wagen sollte, zu Distel zu schleichen, kam sie mit Gestrüpp zurück. „Weidenzweige“, knurrte sie und warf sie vor Marie auf den frisch geschrubbten Tisch. „Gut gegen Schmerzen. Die Rinde verfütterst du ihm vor dem Essen.“

Distel wollte die Weidenrinde nicht.

„Friss!“, befahl ihm Marie. Sie kniete im Schlamm vor ihrem Bettzeug, auf dem er lag. „Verdammt noch mal, Distel, friss ...“ Bei „Distel“ spitzte er die Ohren. Sah sie hoffnungsvoll an, ob sie denn eine hätte.

Zurück in der Stube knallte ihr Berta die Schüssel voll Haferbrei hin. Marie wollte nur zu Distel, doch Berta saß ihr mit strengem Blick gegenüber und sie wusste, dass sie erst gehen dürfte, wenn sie aufgegessen hätte.

So rasch wie möglich stopfte sie sich den Mund voll, würgte den Haferbrei und die Kartoffeln hinunter und spie nachher alles hinter den Pferch.

Die Weidenzweige lagen unberührt. „Friss, verdammt noch mal!", flehte Marie. Sie schälte mehr Rinde ab, zerbrach sie in winzige Stücke, damit sie leichter zu schlucken wären, und bot sie Distel in der hohlen Hand an. Er schnupperte lustlos an ihren Fingern. Sie streichelte das weiße Fell über seinem Herzen, spürte, wie dieses pochte.

Plötzlich fiel in der Abendsonne Bertas Schatten auf sie. „Komm rein", befahl Berta. „Mach den Abwasch und dann ab ins Bett. Du hattest deine Augen nicht da, wo sie sein sollten, und das Tier jetzt zu verhätscheln nützt nichts mehr."

Marie zog den Kopf tief zwischen die Schultern. Sie wollte schreien, dass sie nicht Bertas Sklavin war, dass Distel sie brauchte.

Berta packte ihren Arm und versuchte sie auf die Beine zu ziehen. Erst als Marie erstarrte, ließ sie los. „Rein mit dir!", knurrte sie drohend, wandte sich ab und watschelte zurück ins Haus. Das „Wenn nicht ..." blieb in der Luft liegen.

Marie hastete ins Haus, wusch ohne ein Wort ab, eilte wieder nach draußen. Tief im Wald fand sie ein paar Disteln. Sie zerstachen ihr die Hände. Marie dachte, dass sie den Gugelhupf gleich essen hätte sollen. Dachte an Distel, wie er so oft über Distelstauden gestanden war und die Blüten abgerupft hatte.

Sie brachte ihm ihre Disteln, doch er wollte keine. „Friss!", flehte Marie und hämmerte auf den Matsch ein, schlug sich die Faust an einem spitz aufragenden Stein blutig und betete wieder zum lieben Herrgott. *Mach, dass er frisst, dann kannst du mit mir tun, was du willst.* Sie zögerte nur kurz. *Ich geh nach Freibach, gleich morgen geh ich und du kannst zusehen, wie sie mich totschlagen.*

„Lass die Disteln welken. Vielleicht frisst er sie morgen", riet ihr Berta. Die Disteln lagen im Pferch und Marie hatte beim Hereinkommen kein Wort gesagt, doch Bertas Eisenaugen, Hexenaugen entging nichts. „Brombeer und Hasel mögen sie auch", fügte sie hinzu, als wäre nicht Marie diejenige, die tagein, tagaus die Ziegen zur Weide führte. „Jetzt bleibst du mir aber im Haus, sonst holt dich der böhmische Wolf und verdirbt sich an dem zähen Bissen den Magen."

Marie polterte laut genug in ihre Kammer, damit es Berta hören musste. Ihr Kissen roch nach Ziege und nach Blut. Sie vergrub das Gesicht darin, lag angezogen auf dem Bett und lauschte, wartete. Als sie Bertas gedämpftes Schnarchen erahnte, schlich sie mit ihrem Kissen auf Zehenspitzen leise die Treppe hinunter.

Die Nachtluft war kalt, der Himmel sternenklar. Marie huschte zu Distel, der das Köpfchen hob und sehen wollte, wer kam. Sie legte ihr Kissen in den Matsch neben dem Pferch und bettete den Kopf darauf, breitete ihre Jacke über sich. Die Nässe des Bodens sickerte durch ihre Jeans und den Pulli. Sie zwängte eine Hand in den Pferch und streichelte Distel, fühlte die Wärme seines zitternden Körpers und das wild pochende Herz. Sollte der böhmische Wolf sie fressen oder Berta sie morgen totprügeln: Distel brauchte sie.

Immer wieder schrak sie hoch, vor Kälte oder wegen eines Heulens, das nur der Wind sein konnte und das doch wie Wölfe klang. Beim ersten Morgengrauen war sie auf den Beinen. Als Berta kam, lockte sie Distel gerade mit Brombeer- und Haselzweigen. Er wollte auch davon nichts fressen.

Berta sah Distel an und dann Marie, sah die welken Weidenruten und Disteln, all die Zweige, die Marie herangezerrt hatte. Sie schüttelte den Kopf. Es war ein scharfes, endgültiges Kopfschütteln.

„Nein", sagte Marie. Die Luft um sie schien plötzlich eisig, schwer vom Schnee. Der Wind trieb ihr die Flocken in Mund und Nase, ließ ihre Augen tränen. *Nein?*, höhnte er. *Das sagst ausgerechnet du? Dir steht es am allerwenigsten zu, wegen einer Ziege zu heulen!*

„Willst du das Tier leiden sehen?" Bertas Blick war fordernd und Marie hasste sie, hasste Berta, weil Distel für sie nur „das Tier" war, weil sie tat, als sei es Maries Schuld, dass der liebe Herrgott ein Verräter war und lieber unschuldige Ziegen tötete als schuldige Mädchen.

„Nein."

Berta beugte sich über den Pferch und tätschelte Distel. Sie hob ihn mühelos auf und reichte ihn Marie. „Trag ihn mir hinters Haus", befahl sie.

Hinter dem Haus wartete der Hackklotz. Marie schüttelte stumm den Kopf.

„Du gehst mir zur Hand", befahl ihr Berta. „Das Tier hat Schmerzen. Jetzt wird es erlöst. Ein Bock ist für den Topf geboren", und Marie hasste, hasste, hasste sie.

Sie wollte Distel auf den Boden setzen, wollte „Lauf! Lauf weg!" schreien, doch er konnte nicht laufen. Sie trug ihn hinters Haus und kniete vor dem Hackklotz nieder, zog den Kopf zwischen die Schultern, als gälte die Axt ihr, nicht ihm.

Berta kam. Ihre Wurstfinger zupften an der Strickjacke und Marie sah, dass sie einen Ledergurt umgebunden hatte, an dem zwei Messer hingen.

„Leg ihn da hin."

Maries Kopf wollte nicht, doch ihre Hände taten es.

Berta packte die Axt und hob sie.

Distel schrie nicht. Marie aber schrie, als die Axt herabsauste, als die stumpfe Seite des Blattes Distels Ohr traf und der kleine Bock erschlaffte. Sie würgte und krampfte die Hand über den Mund, wandte sich ab, während Berta Distels Hals aufschnitt, doch sie konnte nicht heulen. Nicht um eine Ziege.

„Sieh hin", befahl ihr Berta.

Marie sah nicht hin. Sie hörte Distel atmen, hörte ihn mit zerfetzter Kehle noch immer atmen, hörte sein Herz schlagen oder war es ihr eigenes? Unerträglich laut klang das Pochen in der Stille. Marie riss die Augen auf.

Distel atmete nicht mehr.

Distel war tot.

Nur eine Ziege, hämmerten ihre Gedanken im Takt des Herzschlags, *nur eine Ziege, nur eine Ziege, nur ...*

Distel, tot, mit zerfetzter Kehle, schnappte nach Luft.

Wie aus der Ferne hörte Marie ihren Namen, doch sie rannte schon, rannte, rannte weit fort von hier.

Marie rannte zum Moorsee, zu des Teufels Splittern, und schrie den Teufel, schrie den lieben Herrgott an. Von den Splittern blickte Distel auf sie herab und ein Mädchen war bei ihm, ein Mädchen wie Rapunzel, dem das Blut aus den goldenen Haaren rann.

Sie fuhr herum. Hinter ihr kam Berta mit schweren Schritten und den Messern und dem Blut, das von ihren Händen auf den Waldboden tropfte.

„Du willst tot sein, Marie? Dann komm her. Ich schlag dich tot“, knurrte Berta. Doch es war nicht sie, die sprach, es war nicht ihre Stimme. Marie wusste, wessen Stimme es war, und sie rannte, rannte, rannte.

Während sie rannte, begann es zu regnen. Dicke, schwere Tropfen wie Tränen. Der Regen aber wusch das Blut nicht von Maries Händen und die Bäume boten ihr keinen Schutz. Ihre Füße trugen sie aus dem Wald und über eine menschenleere, nasse Straße. Geduckt huschte sie die Hecke entlang, glaubte Schritte zu hören und wusste doch, dass es nur der Regen war, der auf Tische und Bierbänke prasselte. Unter der Linde schlüpfte sie in den Hof.

Der Stall war muffig und längst verlassen, die Milchglasfenster blind vor Dreck. In der letzten Box hatte jemand einen großen, leeren Plastiksack vergessen. Dankbar schlüpfte Marie hinein. Das Plastik hielt ein wenig die Kälte des Betonbodens von ihren klammen, feuchten Kleidern ab.

Sie rollte sich zusammen, doch etwas bohrte sich schmerzhaft in ihre Hüfte: Unter dem Sack war eine halb volle Schnapsflasche versteckt. Maries Zähne klapperten und wenn sie die Augen schloss, sah sie Distels blutige Kehle, also trank sie. Die beißende Schärfe und noch mehr der Gestank aus der Flasche brachten andere Bilder zurück: geballte Fäuste, das Glühen von Zigaretten. Sie keuchte und würgte, erbrach sich und floh in die angrenzende Box, die nur nach altem Schweinemist stank.

An das Milchglasfenster über ihr hämmerte der Regen. Jäh beschlich sie ein Gefühl, als wäre sie zurück in Bertas Keller. Sie wollte aufstehen und fortgehen, nach Freibach oder gleich in die Hölle, doch ihre Beine waren schwer und müde und gehorchten ihr nicht. So lag sie in der Box und wagte die Augen nicht zu schließen, starrte an die Decke und zählte dort die Spinnweben. Versuchte an sonst nichts zu denken. Vor dem Fenster quietschte bei jedem heftigeren Windstoß ein Schild an einer Kette. Das Gasthofschild, wusste Marie. Sie war bis ans Ende der Welt gerannt und es war nicht weit genug.

Der kalte, graue Tag wurde Abend. Allmählich fielen Marie doch die Augen zu. Als es schon längst dunkel war, rissen plötzlich schwere, schlurfende Schritte sie aus dem Halbschlaf.

Der Teufel mit seinem Pferdefuß kam, der Mann aus Böhmen war bei ihm und eine fette, alte Hexe, die ihm die Axt trug. Maries Herz hörte auf zu schlagen. Das Blut aber rauschte in ihren Ohren und sie schnappte nach Luft wie Distel, war nicht tot.

Vor der letzten Box hielten die Schritte inne. Marie vernahm das Klirren der Schnapsflasche. Sie biss ihre klappernden Zähne zusammen, um sich nicht zu verraten, biss sich in die Wange, bis sie blutete.

Aber der hinkende Mann roch sie, roch den Schnaps und das Erbrochene in ihrem Atem. Ein zerfurchter Kopf beugte sich über die Abteilwand, das fettige Haar über die Glatze gekämmt.

„Jo mei, a Dirndl!“ Der Kopf verschwand. Die Schritte entfernten sich.

Kaum hörte Marie, wie die Stalltür zufiel, schlich sie hin. Presste das Ohr an die Bretter, lauschte. Weit entfernt vermeinte sie Stimmen und Gesang zu hören. Die schlurfenden Schritte kamen wieder. Sie ballte die Fäuste.

„Vinzerl!“, keuchte eine vertraute Stimme. Durch die Ritzen erkannte Marie im Licht des Gastgartens gegenüber den spindeldürren Schatten hinter dem schlurfenden Mann.

„A Dirndl“, hörte sie und: „Schwarz? Schwarze Haare?“ und Vinzerls zustimmendes Grunzen. Kein Mann vieler Worte, so hatte ihn Linus einmal beschrieben.

„Geh wieder zur Schank“, befahl Linus. „Und erzähl's keinem. Auch nicht der Mutter, keinem, hörst du?“

Sehr langsam wurde die Stalltür geöffnet.

„Marie?“

Sie stand fluchtbereit mit geballten Fäusten. Linus sagte nichts weiter, sah sie nur an.

Hinter ihm steckte Vinzerl den Kopf herein. „Des Dirndl hat in'n Saustall gspieb'n“, merkte er an und verschwand wieder aus Maries Blick.

„Was ist los?“

Marie schwieg. Sie versuchte Linus anzusehen und gleichzeitig zu erraten, wohin Vinzerl gegangen war. Er würde nichts sagen, er war kein Mann vieler Worte und Linus war der junge Wirt. Plötzlich begriff sie, dass der Schnaps Vinzerl gehören musste. Dass er ihn im Schweinestall versteckte, damit ihn der Wirt nicht fand.

„Was ist passiert? Hat sie dich rausgeworfen?“ Sie sah die Sorge in Linus' Augen. „Komm“, sagte er, „holen wir meine Mutter!“ Marie hob die Fäuste. „Nur wenn du willst!“, fügte er hastig hinzu. Sie hilft immer, wenn es irgendwie geht. Du kannst in Hannas Bett schlafen.“

Das „Nein“ kam brüchig, doch bestimmt aus ihrem Mund. Linus stand in der Tür und er war zwar größer als sie, aber nicht so viel stärker. Sie konnte ihn aus dem Weg rammen, konnte fliehen.

„Du musst nicht. Ich sag's keinem, wenn du nicht willst.“ Er klang weiterhin besorgt. „Bleibst du hier, wenn ich schwöre, dass ich's keinem sage?“

Nein. Aber das Nein wollte diesmal nicht über ihre Lippen.

„Ich schwör's. Bei meiner Holzapfel-Ehre.“

Sie starrten einander an. Linus sah als Erster weg. „Bleib da", bat er und als er wohl überzeugt war, dass sie nicht sofort verschwinden würde, drehte er sich um und ging. Die Tür ließ er offen. Maries Blick folgte ihm über den Hof. Statt aufs Haus hielt er auf einen winzigen Verschlag zu, der an den Gastgarten grenzte. Als er zurückkam, hatte er die Arme voller Decken und Sitzkissen, wie man sie auf Bierbänke legte.

„Da", schnaufte er und ließ, weil sie nicht danach griff, alles zu Boden gleiten. „Lauf bitte nicht weg!"

Marie stand noch immer fluchtbereit mit geballten Fäusten. Bis er ihr zunickte und die Tür hinter sich schloss.

Die Decken waren warm und die Kissen weich, dennoch fand sie nur wenig Schlaf. Beim ersten Hahnenschrei lag sie wach und hielt den Atem an, als sich das Ächzen der Stalltür ins Quietschen des Gasthofschilds mischte.

„Marie? Ich bin's." Eine Pause. „Allein. Marie, bist du noch da?" Linus wartete in der Tür, bis sie den Kopf über die Abteilwand hob. Sein Grinsen schien erleichtert.

„Ich dachte schon, ich müsste dich bei der Bushaltestelle suchen", gestand er ihr. „Oder beim Bahnhof. Und als Nächstes wär ich rauf zur Berta geradelt." Er verstummte. Doch die Stille war drückend, sie merkten es beide, und hastig sprach er weiter: „Ich hätt gestern nicht gehen sollen. Ich meine, ich hätt dich nicht allein lassen sollen. Ich hatte Angst, dass ich dich verjage, und ich musste bei der Schank helfen, also wollte ich nicht, dass einer fragt, wo ich bin, aber ..." Erneut senkte sich das Schweigen über den Stall. „Vinzerl geht immer in den Saustall, wenn er glaubt, dass ihn keiner sieht. Ich weiß nicht, er hier tut. Ich weiß nicht, warum ich ihm diesmal nachgegangen bin."

Marie dagegen wusste nicht mehr, warum sie hergekommen, erst recht nicht, warum sie geblieben war. Linus konnte die Schuld an Distels Tod nicht von ihr nehmen. Sie hatte ihn auf den Hackklotz gelegt, hatte Berta geholfen, ihm die Kehle durchzuschneiden.

„Marie“, versuchte es Linus erneut, „magst du nicht doch reinkommen? Meine Eltern sind noch im Bett und wir haben frische Semmeln.“

Das waren die Hexenworte. Marie, durchfroren und müde, mit Stallschmutz im Haar, ließ sich von Linus durch die Stube führen. Nur ein Gast saß dort und schnarchte, die Arme auf dem Tisch und den Kopf auf den Armen, die Klampfe neben sich auf der Bank. Vinzerl mit den glänzend zurückgekämmten Haaren nickte Linus zu.

Er hatte in der Küche eine Kanne Kaffee gebrüht und Linus schenkte Marie ein, fragte, ob sie Zucker wolle, Milch, wirklich nichts, er müsse sie warnen, Vinzerls Kaffee schmecke wie Asphalt. „Das sagt selbst Vinzerl!“ Doch Vinzerl sagte nichts dergleichen und auch sonst nichts. Marie bestrich die frischen, duftenden Semmeln dick mit Butter und Honig, kaute und schluckte.

„Du kaust wie eine Zie …“, witzelte Linus und verstummte.

Er spähte nach Vinzerl aus, der in der Stube zum schlafenden Walter-Alter schlurfte und ihn rüttelte. Blickte dann wieder Marie an. „Ist es das? Hat sie ihn …?“

Zu heulen steht dir nicht zu. Marie kaute nicht mehr. Das Semmelstück in ihrem Mund quoll auf.

„Tut mir leid. Das war … Iss erst mal. Wir reden später.“

Mit viel Mühe schluckte sie das aufgequollene Stück hinunter. Sie legte ihre angebissene Semmel weg, warf sie fast auf den Tisch.

Linus tat es ihr gleich und das war bemerkenswert genug, damit sie seinen Blick erwiderte.

„Tut mir leid“, wiederholte er. „Ich geh mit dir rauf zur Berta.“ Er senkte die Stimme, schaute flüchtig in die Stube. Dort brabbelte Walter-Alter auf Vinzerl ein. „Alle sagen, dass die Berta eine Hex ist. Aber wenn, dann ist sie eine gute. Sie muss eine gute sein."

Marie dachte an Rapunzels Geschichte von der Frau Bercht. Sah Distel auf dem Hackklotz liegen und schmeckte den Schnee in der Luft. Das Ende der Welt war nicht weit genug und die Schneekugel umfasste auch das Dorf, umfasste die ganze Welt.

Berta würde sie nicht mehr wollen, jetzt wo sie fortgelaufen war. Trotzdem folgte sie nach dem Frühstück Linus, der sein Fahrrad schob, folgte ihm in den finsteren, regennassen Wald.

Er hatte Äpfel und Semmeln mitgenommen und überreichte sie Berta, hielt sich schützend zwischen ihr und Marie, doch Berta hatte nur Augen für Marie und Marie nur Augen für Berta. Bertas Strickjacke war hochgekrempelt. Marie konnte den Blick nicht von ihren Armen wenden, von den hervortretenden Muskeln und Sehnen und dem unsichtbaren Blut, das Bertas Haut so wie ihre bedeckte.

Sie folgte Berta stumm ins Haus. Die Stube roch nach Distel und nach Blut. Maries Kopf wollte wegrennen. Ihre Beine aber trugen sie zum Tisch, wo das Frühstücksgeschirr stand, ein Becher und die Schüssel vom Haferbrei. Sie räumte ohne ein Wort ab, fühlte dabei Bertas Blick im Nacken.

„Der Bock hängt im Keller", sagte Berta hinter ihr. „Geh nicht rein, wenn du so was nicht erträgst."

Maries Hände zitterten, doch sie setzte den Becher und die Schüssel ab, ohne etwas zu zerschlagen.

„Distel", erwiderte sie tonlos. „Sein Name war Distel."

„Distel", wiederholte Berta. „Nicht ‚Schecki-Mecki-Flecki'?"

Marie hörte ihren Spott. Bertas Blick war lauernd. Halb erwartete Marie, dass sie abermals nach dem Namen der Schwester fragen würde. Aber Berta sagte nur: „Nach dem Abwasch kannst du die Stube schrubben. Und die Treppe. Und heut Abend wirst du nähen lernen, damit du mir nicht noch mehr zerrissene Polster versteckst." Marie nickte stumm. Wandte sich ab, um Wasser zu holen. Doch Berta hielt sie zurück.

„Jetzt iss erst mal." Im Topf war noch reichlich Brei und Berta häufte ihn in Maries Schüssel. Marie sah, wie das unsichtbare Blut von ihren Händen und vom Ellbogen in die Schüssel tropfte.

Sie aß jeden Löffel voll.

Erst draußen hinter dem Pferch würgte sie, doch obwohl sie an das Blut und an Distel auf dem Hackklotz dachte, übergab sie sich diesmal nicht. Neben ihr erklang ein hämisches Meckern. Die schwarze Ziege steckte den Kopf zwischen den Brettern hindurch und für einen langen Herzschlag blickte Marie in ihre teuflisch funkelnden Augen, ehe sich Mecki wieder dem Futter im Pferch zuwandte. Marie würgte ein letztes Mal. Dann wischte sie sich den Speichelfaden vom Mund und ging an die Arbeit.

Von nun an rief Marie die Ziegen nicht mehr bei ihren Namen, nannte sie genau wie Linus und wie Berta „Schecki-Mecki-Flecki". Sie bat Berta darum, das blutige Fell begraben zu dürfen, obwohl sie nicht wusste, ob sie es übers Herz bringen würde.

Berta verweigerte es ihr ohnehin. „Aus jedem wird was, wie sich's gehört", sagte sie. Aus Äpfeln und Semmeln wurden Apfelknödel. Aus Distel wurden Würste und ein Bettvorleger. Sie stand in der Stube und verknetete das Wurstfleisch mit Salz und gedünsteten Zwiebeln. Marie wollte sie dafür hassen, doch es gelang ihr nicht.

Zuckerstreusel büxte ihr beim Hüten aus und sie sprang ihm nach, zerrte grob an seinem Schwänzchen, fluchte, schrie. Das Böcklein entkam abermals und floh in eine Felsspalte, die nicht breit genug für Marie war. Marie hob ihren Stock.

„Ich hau dich tot. Glaub mir, dass ich's tu! Ich hab schon andere totgehauen."

Der kleine Bock meckerte hämisch.

„Ich tu's!", schrie sie ihn an. „Du bist eine Ziege, du heißt nicht Streusel, du heißt Schecki-Mecki-Flecki. Und sie verwurstet dich, sie schneidet dir den Hals durch!" Das Böcklein senkte den Kopf und drohte ihr mit seinen winzigen Hörnern.

„Dann bleib." Atemlos wandte sich Marie ab. „Mir doch egal, ob sie dich schlachtet oder ob dich der böhmische Wolf frisst."

Abends aß Berta ihren Haferbrei mit Wurst. Marie bekam keinen Brei, bekam nur die Wurst.

„Kannst Brot dazu haben, wenn ich sehe, dass du die Wurst isst", brummte Berta.

Stumm und reglos, mit knurrendem Magen, saß Marie vor ihrem Teller. *Glaubst du, ich hätte noch nie Hunger gehabt?*, dachte sie trotzig. *So schnell verhungert man nicht, sonst wär ich längst tot.* Berta schlabberte und schmatzte und schob sich mit der Zunge Wurstbrocken über die Lippen.

Darf ich gehen?, wollte Marie fragen und stand schon auf, egal was die Antwort sein würde. Doch aus ihrem Mund kam: „Du hast ihn umgebracht. Wie kannst du da leben?"

Berta hörte auf zu kauen und musterte sie lange.

„Ich hab ihn umgebracht", sagte sie schließlich, „weil er ein Ziegenbock war. Und ich lebe, weil man fette, alte Frauen hierzulande nicht schlachtet." Umständlich erhob sie sich und griff nach Maries Teller, trug die Wurst zurück in die Speisekammer. „Morgen bekommst du sie zu Mittag und zu Abend und dann so lange, bis du aufhörst, dich wie ein Prinzesschen zu benehmen."

Am Morgen aß Marie ihren Haferbrei mit Honig. Den Rest des Tages blieb sie hungrig. Sie überlegte zwar, in die Speisekammer zu schleichen, aber der Eisennagel-Blick bohrte sich in ihren und sie wusste, dass Berta wusste, was sie dachte. Berta beschäftigte sie den ganzen Nachmittag über draußen, trug ihr Arbeiten am Ziegenpferch auf und schickte sie Holz hacken.

Zwischen den Scheiten fand Marie das kleinere der beiden Messer, mit denen Berta Distel geschlachtet hatte. Sie musste es gesäubert, hier abgelegt und dann vergessen haben. Marie sah sich kurz um, nahm das Messer, verbarg es unter ihrem Pulli und schmuggelte es später hinauf in ihre Kammer.

Das Messer war alt, aber äußerst scharf gewetzt. Sie schob es am Kopfende des Bettes zwischen Rahmen und Matratze, weil sie Angst hatte, sich zu schneiden, wenn sie es unter ihr Kissen legen würde. Nachts nahm sie es heraus und hielt es hoch, bewunderte das Spiel des Mondlichts auf der glänzenden Klinge. Das Messer schien auf etwas zu warten. Marie wusste nur nicht, auf was.

Linus radelte keuchend herbei und lächelte, als er Marie sah. „Du bist noch hier? Das ist gut.“ Sie wusste nicht, ob es gut war, wusste auch nicht, wie lange sie noch hier sein würde.

„Und“, fragte er mitfühlend, „wie war's?“

„Sie hat Distel verwurstet und will, dass ich ihn esse.“

Er schmatzte anerkennend. „Berta macht die besten Würste. Aus den Ziegen, meine ich. Die Schweinswurst von meinem Vaters ist noch besser, aber nicht sehr viel. Ob sie mich kosten lässt?“

Erst dann las er, was in Maries Blick geschrieben stand. „Tut mir leid, wie das gelaufen ist.“ Er klang so ehrlich. „Es ist nicht deine Schuld und sie weiß das. Die meisten schlachten ihre Böcke gleich nach der Geburt. Berta ist arm, darum wollte sie, dass ein bisschen mehr Fleisch an ihm dran ist, aber so viel älter wär er nicht geworden. Alter Bock stinkt zum Erbarmen und er schmeckt ...“, Linus verzog angewidert das Gesicht und ließ den Satz in der Luft hängen.

Dennoch bat seine Miene Marie nachher in der Stube fast um Entschuldigung, ehe er Berta fragte, ob er die Distelwurst kosten dürfe. Berta warf Marie einen höhnischen Blick zu.

Stumm beobachtete Marie, wie Linus eins der Wurstenden abschnitt. „Gib her.“ Sie schnappte das Wurststück von seinem

Teller, steckte es in den Mund, kaute. Sah Linus an, nicht Berta, und dachte nicht an schneeweißes Fell und funkelnde Augen und ein zartes, weiches Knabbermäulchen, an das Messer und das Blut aus der Kehle.

Die Wurst war scharf und mager. Linus verlieh Berta den Wurstmacher-Orden ersten Grades.

„Nicht so gut wie Haferbrei", murmelte Marie, als sich der Eisennagel-Blick zu ihr wandte, und sie hätte nicht sagen können, wer von ihnen das Spiel gewonnen hatte.

Beim Abschied gab Berta Linus ein in Plastik gewickeltes Päckchen mit, das nach Ziege roch. „Würste", behauptete er. Marie spürte, dass er log.

Zu Mittag bekam sie ihren Haferbrei mit Speck.

Darf ich Wurst dazu haben?

Ich dachte, sie schmeckt dir nicht.

Tut sie auch nicht.

Sie war sich sicher, dass Berta das Gespräch in ihrem Kopf ebenso gut hören konnte wie sie.

Das nächste Mal, als Linus mit den Einkäufen kam, ging er zuerst zu Berta. Marie sah, dass er sich nach ihr umblickte, ehe er Berta etwas zuflüsterte. Als sie ihn fragte, worum es dabei gegangen war, klang sein Lachen gezwungen. „Ach, das – ich soll nur für Berta bei der Lederin was machen lassen. Hier, hilfst du mir?" Er reichte ihr die Mostflaschen aus dem Fahrradkorb.

„Pass auf", Linus sah sich erneut um, aber diesmal nach Berta. „Rapunzel und ich haben eine Idee. Warst du schon mal nachts auf der Spitze der Welt?"

Sie dachte zurück an die Schneekugelhäuser. Schüttelte den Kopf.

„Rapunzel sagt, ein Mann aus Böhmen habe dort den Teufel eingefangen. Und dass es ein Hexenberg sei. Wenn man nachts hingeht, findet man das, was man sich am meisten wünscht."

Der Mann aus Böhmen hatte sich am meisten den Teufel gewünscht. Ein wenig verstand Marie warum.

„Ich mag sie nicht allein gehen lassen, wegen der Wölfe. Nicht dass ich glaube, dass welche kommen! Im Sommer sind die fett“, fügte er rasch hinzu. „Morgen, wenn's dunkel ist, treffen wir uns vor der Burg und wandern rauf. Bist du dabei?“

Marie trug die Flaschen in die Speisekammer, sah die Haferflocken und den Speck und die Würste und fragte sich, was Berta tun würde, wenn sie nachts auf der Spitze der Welt den Teufel suchen ginge.

Mich verwursten.

Berta stand bei Linus, als sie zurückkam. „Ich muss los, aber wir sehen uns bald, versprochen“, sagte er und in seinem Blick lag die offene Frage. „Ich bring was zu trinken mit.“ Er tat, als rede er von Bertas Most, doch Marie wusste es besser.

„Gut“, erwiderte sie. „Ich hab jetzt schon Durst.“ Linus nickte ihr zu.

Am nächsten Abend schälte sie die Kartoffeln, rührte den Brei um, aß, wusch ab und lag angezogen auf dem Bett, bis alles still war. Auf Zehenspitzen schlich sie in die Speisekammer. Sie griff zunächst nach den Würsten, zögerte dann aber, als sie an die Wölfe dachte. Sie wollte die Distelwurst nicht an Wölfe verfüttern. Auch nicht an Rapunzel, wenn sie es sich recht überlegte. Schließlich langte sie in den Sack mit den alten Walnüssen und stopfte sich die Taschen voll, schob den leeren Sack unters Regal hinter die Kartoffeln und Zwiebeln.

Sie wartete am Wegesrand, bis die beiden kamen: Rapunzel mit einer Taschenlampe und hinter ihr ein langer, dürrer Schatten. Rapunzel hatte die Augen weit aufgerissen und ihr Blick huschte ängstlich durchs Unterholz. Trotzdem geriet sie bis auf drei Schritte an Marie heran, ohne sie zu bemerken. Etwas in Marie wollte aus den Büschen springen und das kleine Mädchen so sehr erschrecken, dass ihm das Herz stehen bliebe. Sie tat es nur nicht, weil Linus dabei war.

Er sah sie als Erster. „Marie!“ Er trug einen grünen Rucksack mit Lederriemen wie ein Wilderer, Rapunzel ihren knallroten.

„Ich hab Nüsse mit.“

„Na wunderbar“, sagte Linus. „Wir können ein Feuer machen und picknicken. Ich weiß ganz genau wo.“ Er schien froh, sie zu sehen, und Marie wusste plötzlich nicht mehr, ob sie um des Teufels willen oder doch nur seinetwegen gekommen war.

Sie wollte an seiner Seite gehen. Rapunzel aber drängte sich immer wieder zwischen sie beide, wenn sie vor einem Schatten oder einem Geräusch erschrak.

„Pst! Hört ihr das?“ Die Taschenlampe zitterte in ihrer Hand. Sie lauschten, bis Linus den Kopf schüttelte. Rapunzel wisperte: „Da war ein Wolf!“

Linus nahm ihr die Taschenlampe ab und leuchtete in den Wald zu allen Seiten. „Jetzt ist er weg. Hat wohl das Rotkäppchen gefunden.“ Grinsend reichte er Rapunzel wieder die Lampe, doch ihre Augen wurden noch größer und ihr Gesicht noch blasser und er seufzte. „Wenn einer kommt, gibst du ihm meine Lampe zu fressen. Daran beißt er sich garantiert die Zähne aus.“ Beim Weitergehen lauschte Marie seinem Atem, ihrem und Rapunzels und dachte, dass sie alle drei wie Wölfe klangen.

Schließlich traten sie auf die Spitze der Welt. Der fahle Mond hing über dem Wald, der Burg und den Häusern, die so winzig wie Streichholzschachteln schienen. Nur hinter ein paar Fenstern brannte noch Licht. Eins dieser Häuser musste das Ende der Welt sein.

Unter Linus’ Anleitung sammelten sie dürre Zweige. Rapunzel wich nicht von seiner Seite, als wäre sie sein Schatten. Sobald das Feuer brannte, ließ Linus seine Apfelsaftflasche herumgehen und verteilte Brote mit Leberwurst und Kartoffelkäse. Auch eine Plastikdose voll selbst gebackener Kekse zog er aus dem Rucksack und hielt sie Marie hin: „Schönen Gruß von meiner Mutter."

„Du hast es ihr gesagt?" Rapunzel blickte ihn vorwurfsvoll an.

Er zuckte mit den Achseln. „Ich musste. Sie hat mich beim Brote-Streichen erwischt. Besser, wenn ein Bursch dabei ist, hat sie gemeint und mir noch extra Batterien für die Lampe gegeben." Marie war für ihn froh, aber auch ein bisschen neidisch.

„Meine Eltern hätten mich eingesperrt", sagte Rapunzel. „Ich hatte solche Angst, die Hunde würden bellen!"

Das Feuer flackerte bei jedem Windhauch. Sie spähte von Linus zu Marie. „Wir sehen bestimmt aus wie das Bild der drei Hexen in meinem Märchenbuch", raunte sie und wollte schon in ihrem Rucksack danach kramen, doch Linus sagte: „Erzähl Marie das mit dem Mann, der hier den Teufel eingefangen hat."

Erneut huschte Rapunzels Blick zu ihr. Dann ins Dunkel jenseits der Flammen. Statt zu erzählen flüsterte sie: „Glaubt ihr, dass er heute kommt?"

„Klar", sagte Linus. „Der riecht das Feuer und denkt, da ist die Hölle los." Er biss genüsslich in sein Brot und ergänzte mit vollem Mund: „Aber wenn er sieht, dass hier nur brave Leute sitzen und Leberwurstbrote essen, dann geht er wieder."

Rapunzel schien erleichtert, doch seine Worte verwandelten das Brot in Maries Bauch in einen schweren, schwarzen Klumpen und sie bereute es plötzlich sehr, mitgegangen zu sein. Am liebsten wäre sie aufgesprungen und nach Hause gerannt. Wenn der Teufel käme, wären Linus und Rapunzel nie und nimmer brav genug, um sie aufzuwiegen.

Linus warf das Einwickelpapier ins Feuer, wo es knisternd verbrannte, und klapperte mit der Keksdose. Und Rapunzel entschied, dass nun jeder eine Geschichte erzählen müsse.

Gehorsam fing Linus an: „Der Graf von Späth hatte eine

Tochter. Sie hieß Isadora und sie war so schön und klug, dass die Ritter vor dem Burgtor Schlange standen, nur um zu sehen, wie sie aus dem Fenster lächelte. Alle wollten ihr Beschützer sein. Sie aber liebte bloß einen: den Ritter Lancelot."

Marie dachte zurück an die Höhle. Esmeralda hieß die Tochter, nicht Isadora, das musste Linus doch wissen!

Rapunzel spielte mit ihren Fingernägeln. Ein nerviges Klacken, das nicht ganz im Knistern des Feuers unterging.

Der Graf war ein böser und grausamer Mann, darum lief Isadora weg und wohnte in einer Höhle im Wald. Aber die Rottweiler des Grafen kamen und dann Räuber und dann sogar ein Drache. Lancelot erschlug die Hunde, die Räuber und den Drachen und als er mit Isadora im Drachenhorst stand, schwor er, für immer und ewig ihr Beschützer zu sein.

Rapunzel hörte auf mit ihren Nägeln zu spielen, trommelte auf ihre Jeans. „Und dann?"

„Weiß nicht", sagte Linus. „Ich schätze, sie haben irgendwo ein Wirtshaus aufgemacht." *Mit Drachenhörnern für die Garderobe und Sitzkissen aus Drachenschuppen.* „Aus Drachen wird was, wie sich's gehört", hätte Berta gesagt.

Rapunzel gefiel das Ende nicht, doch Linus entgegnete, klar ginge das, auch Ritter könnten kochen. Sie hörte auf zu trommeln und begann wieder mit ihren Fingernägeln zu spielen.

„Ich habe den Graf einmal gesehen." Klack, klack. „Wegen des Mietvertrags für die Burg. Er fährt einen Mercedes, aber keinen neuen. Er heißt Luitpold. Sein Sohn heißt Marcel und die Mädchen heißen Jessy und Jenny, und wenn er sich hinsetzt, rutscht ihm die Hose hoch und man sieht seine rosa Socken."

„Wie bei dir", sagte Linus. Rapunzel saß im Schneidersitz und alle blickten auf ihre Füße.

„Wie bei mir." Sie kicherte. Nun war sie an der Reihe und sie erzählte von einer bösen Hexe, die auf dem Kogel „Wünsch mir was, wünsch mir was" gesungen hatte, damit ihr Wunsch in

Erfüllung ginge. Leider hörten das auch ihre Feinde und die wünschten sich, die Hexe wäre tot. Und genau so kam es dann.

Marie wollte nichts erzählen.

„Ein Märchen", schlug Linus vor. „Es muss kein neues sein."

Der Wind höhnte: Es war einmal!

„Ich kenne keins", log Marie.

„Du kennst ‚Rapunzel'."

Hör auf zu helfen!, wollte sie schreien. Und der Wind fegte plötzlich eine Stimme herbei, die flüsterte: Eine Witwe hatte zwei Töchter ...

Marie schlug die Hand über den Mund, vergaß aufs Atmen.

„Was magst du nicht an Märchen?", fragte Rapunzel.

Mich, dachte Marie.

Linus wandte sich an Rapunzel. „Erzähl du was. Irgendwas ohne den Teufel, wenn's geht." Zu Marie sagte er: „Darf ich eine Nuss haben?"

Sie nickte stumm, leerte ihre Taschen und schob alle Nüsse zu ihm, wollte Danke sagen, *danke, dass du mich im Stall schlafen hast lassen, danke, dass du mit mir zur Berta gegangen bist.* Das Feuer knisterte und der Wind umstrich sie wie ein hungriger Wolf.

Während Rapunzel zu erzählen begann, hieb Linus mit der Taschenlampe auf eine Nuss und reichte Marie die aufgebrochene Schale. Wie ein Schädel sah die Nuss aus, wie ein Schädel, aus dem das Hirn quoll. Auf einmal hatte Marie wieder den Geschmack von Erbrochenem im Mund. Von Blut. Sie schüttelte den Kopf und rührte die Nuss nicht an. Warum war sie mitgekommen? Was hatte sie denn zu finden gehofft, hier auf der Spitze der Welt?

Sie schloss die Augen, verkroch sich in ihrer Jacke und machte sich so klein wie möglich. Das Klappern ihrer Zähne und das Knistern des Feuers halfen, das Geräusch der knackenden Nüsse zu übertönen. Der Wind spann um sie ein Netz aus

Märchenworten, als Rapunzel vom Lebkuchenmann und der Fuchsbraut und vom König-ohne-Gesicht erzählte, vom Messerprinzen und von einem, der übers Meer spucken konnte und sich so eine Prinzessin fing.

„Mit dem Schlazfaden?“ Linus grinste.

Rapunzel verzog das Gesicht. „Du bist ekelig!“

„Grausig“, verbesserte Linus sie.

„Ekelig. Und ein Ferkel!“

„Ferkel sind überhaupt nicht ekelig. Mit Apfelsoße schmecken sie ganz hervorragend“, sprach Linus, der Messerprinz, und er spuckte.

Der Faden, den er spuckte, wurde zu langem, goldenem Prinzessinnenhaar und eine Prinzessin, die im Turm saß, flocht sich daraus einen Zopf und wickelte ihn um zwei Finger. Sie heirateten und machten ein Wirtshaus auf, aßen jeden Tag gekochte Ferkel und lebten glücklich und zufrieden, bis eine böse Hexe kam und der Prinzessin den Schädel einschlug, sodass das Hirn wie aus einer Walnuss quoll.

Marie schrak hoch. Sie hörte, wie Linus gerade vom Schlachten redete.

„Keiner sieht gern zu, wenn Tiere sterben“, meinte Rapunzel. „Nicht mal Erwachsene. Als mein Goldhamster gestorben ist, haben ihn meine Eltern nachts einfach ausgetauscht. Ich wusste, dass etwas nicht stimmte. Der alte war immer auf meinem Arm gelaufen und der neue hatte bloß Angst. Er sah auch nicht ganz genau gleich aus. Aber ich wollte es trotzdem glauben. Eltern sind manchmal die größten Verräter.“ Linus nickte.

Eine Witwe hatte zwei Töchter, raunte die Stimme in Maries Kopf. *Eine war schön und eine war hässlich. Die Witwe liebte die schöne, aber die hässliche, fand sie, sei des Teufels.*

„Marie, bist du wach?“ Funken sprühten, als Linus den letzten Ast aufs Feuer warf. Er sah vielleicht, wie sie zusammenzuckte, oder er mochte es für ein Spiel der Schatten halten.

„Willst du jetzt was erzählen?“

Sie schüttelte den Kopf. Lauschte dem sterbenden Feuer, dem Wind, dem Klappern ihrer Zähne, nur nicht der Stimme in ihren Gedanken.

„Dann du noch einmal.“ Linus blickte zu Rapunzel.

„Ich weiß nichts mehr.“

„Du weißt nichts mehr? Du bist ein Märchen-Lexikon.“

„Ich kann nicht alle auswendig.“ Rapunzel kramte in ihrem roten Rucksack und gähnte. „Ich könnte eins vorlesen, aber ich bin müde.“

„Dann musst du heim und ins Bett.“

„Ich mag nicht.“

„Na und?“, sagte Linus. „Ich mag keinen Sellerie. Ich muss ihn aber trotzdem essen, weil meine Mutter die Gemüsesuppe immer so fein püriert, dass ich ihn nicht rausfischen kann.“

„Was magst du noch nicht?“ Rapunzel war wieder hellwach.

Linus überlegte. „Englisch“, sagte er dann. „Die Lehrerin findet, ich klinge wie ein Bauer.“

„Englisch ist leicht“, meinte Rapunzel. „How do you do?“

„Ein Bauer ist eh nichts Schlechtes.“ Linus stocherte mit einem Stock in der Glut. „Und ich brauch kein Englisch. Wenn einer mit mir reden will, kann er Deutsch lernen.“

Rapunzel konnte schon Latein, ein paar Worte wenigstens, und Marie schloss wieder die Augen. Sie versuchte nicht daran zu denken, wie Rapunzel mit dem Lateinbuch im Turm saß, ihre Mutter daneben, und wie ihr goldenes Haar die Wangen der Mutter streifte. Sie riss die Augen auf, als Linus sie an der Schulter rüttelte. „Marie!“, zischte er.

Ein großer, grauer Wolf schlich herbei. Wurde zu Berta, missgelaunt wie immer.

„Hab’s flackern sehen“, knurrte sie. „Dacht’, das sind entweder die Böhmen oder ein paar dumme Kinder, die den Wald abbrennen.“

„Hier oben darf man", hielt Linus dagegen. Bertas Blick schweifte von ihm zu Marie und blieb zielsicher an den Nussschalen hängen, die in der Asche verkohlten.

„Ich hab die Nüsse nicht gestohlen", murmelte Marie, als sie neben Berta durch den Wald trottete. Linus würde Rapunzel heimbringen, das hatte er Berta bei seiner Holzapfel-Ehre versprochen. „Ich hätt eben weniger gegessen."

„Musst du auch. Sind ja keine mehr da." Sie fügte hinzu: „Hat's wenigstens geschmeckt?" Das klang spöttisch und Marie bemühte sich sehr, nicht an das Bild von der Schale zu denken, aus der das Hirn quoll. Berta warf ihr einen raschen Seitenblick zu, doch sie sagte den Rest des Wegs über kein Wort.

Erst als Marie am nächsten Morgen vom Frühstückstisch aufstehen wollte, fragte sie plötzlich: „Deine Schwester, wie hieß die?"

Marie schwieg.

Berta ebenfalls.

„Dann geh", befahl sie nach langem Schweigen.

Jetzt ist alles aus.

Doch Berta fuhr fort: „Die Ziegen warten auf ihr Futter. Die füttern sich nicht von selbst."

Etwas trieb Marie an diesem Vormittag abermals auf die Spitze der Welt und dort entdeckte sie Rapunzels knallroten Rucksack. Sie musste ihn in der Aufregung der letzten Nacht vergessen haben.

Im Rucksack lag das Märchenbuch des Onkels. Marie dachte an Rapunzel, die ihren Namen erraten wollte. An Rapunzel, die nicht alle Märchen auswendig konnte. Sie nahm das Buch, verbarg es unter ihrem Pulli und plante, es beim Ziegenhüten in den Moorsee zu werfen. Doch ein Teil von ihr hatte Angst, dass es dort ebenso wenig zur Ruhe kommen würde wie die Geister der Toten. Zu guter Letzt stopfte sie es in den Spalt zwischen ihrem Bettrahmen und der Matratze.

Rapunzel fand den Rucksack. Ganz empört erzählte sie Linus und Marie das nächste Mal auf dem Weg zum Moorsee, das Buch sei gestohlen worden!

„Hier stiehlt doch keiner", sagte Linus. „Hast du es auch wirklich mitgehabt?"

Sie funkelte ihn böse an. Beschwichtigend hob er die Hände. „Bei meiner Holzapfel-Ehre, ich war's nicht. Oder glaubst du, ich will heimlich was über die Kuchenfrau und den Spuckekönig lesen?" Und er schlug vor, sie solle einen der Gulasch-Hunde als Spürer abrichten.

Rapunzels anklagender Blick wandte sich Marie zu.

„Ein Mann aus Böhmen hat's genommen und der Teufel hat ihm geholfen", sagte Marie.

Abends in ihrer Kammer zog sie das Märchenbuch hervor. Es war sehr alt und hatte fleckige Seiten, die goldenen Buchstaben auf seinem Einband waren längst verblasst. Sie schlug das Inhaltsverzeichnis auf. Mit dem Finger fuhr sie die Titel der Märchen entlang, doch ehe sie finden konnte, was sie suchte, klappte sie das Buch hastig wieder zu.

Am Samstag bat Linus erneut darum, Marie mit ins Dorf nehmen zu dürfen. Diesmal ging sie nicht nur bis zum Wagner-Bauern mit.

Linus plauderte den ganzen Weg über, sprach nicht von Distel und nicht vom Teufel und nicht von dem verschwundenen Buch: nur von dem platten Reifen, den sein Fahrrad gehabt hatte, und dass Vinzerl bei Loreleis Taufe die Speckknödel gezuckert statt gesalzen serviert hatte und der Pfarrer nicht mehr aufgehört hatte zu husten.

Späth erwies sich, wenn man nicht gerade weglief, als ein langweiliges Dorf. Linus zeigte Marie den Gasthof zur Eisernen Hand. Von den Mauern bröckelte der Putz ab. Der eiserne Handschuh an einer Kette, der über dem Eingang hing und der mal dem Grafen von Späth gehört haben sollte, knarzte und ächzte bei jedem kleinen Windstoß. Aus dem Hof stank es nach Pferdeäpfeln und dem Misthaufen. Ein paar Hühner scharrten dort. Daneben auf dem Gästeparkplatz reihte sich ein halbes Dutzend Motorräder an einen weißen Lieferwagen.

„Die Dreckskerle vom Taubenzüchterverein", sagte Linus. „Die Scheiß-Maschine da gehört dem Matze." Erstaunt wandte Marie den Blick von dem Motorrad ab und ihm zu, weil er so beiläufig „Scheiß-" gesagt hatte und weil seine Stimme ungewohnt hart klang.

Matze Wipplinger war der Vater von Hannas Kind. „Der Dreckskerl behauptet, er sei's nicht gewesen, aber ich hab sie beim Feuerwehrfest gesehen. Er hat den ganzen Abend mit ihr getanzt und erst in der Früh hat er sie heimgebracht. Und jetzt will er nicht zahlen." Marie hätte nie geglaubt, dass Linus so zornig sein könnte.

„Was sagen die Eltern dazu?"

Linus' Miene verfinsterte sich weiter. „Die seinen haben Hanna ein Flittchen genannt. Mein Vater redet nicht mehr mit ihnen. Meine Mutter schon. Sie sagt, das Dorf ist zu klein für einen Krieg und Kundschaft ist Kundschaft. Dabei kommen die eh nie zum Essen. Die Alten sind zu geizig und Matze hockt immer in der ‚Hand', obwohl's heißt, dass die Händige ins Bier spuckt ... Ich hoff, sie tut's!" Er starrte zu Boden. Aus dem Augenwinkel sah Marie den Handschuh über ihnen so bedrohlich schwanken, als wollte er fallen.

„Wozu brauchte der Graf einen eisernen Handschuh?"

„Man sagt, weil ihn sein Hund sonst gebissen hätt."

Ein Rottweiler, erinnerte sich Marie. Den er auf seine Tochter gehetzt hatte. Auf Isadora. Oder Esmeralda. „Hanna war Esmeralda, hast du gesagt."

Er nickte. „Wir haben das unter der Burg gespielt, in der Höhle. Dann kam Matze. Sie war in ihn verschossen und redete nur noch von ihm. Einmal fuhr er uns mit seiner Scheiß-Maschine hinterher und Hanna tat, als wäre es bloß so ein blödes Spiel, das ich mir für uns beide ausgedacht hatte." Er spähte zur Wirtshaustür. „Ich nenn ihn immer ‚Matze mit der Fratze'. Oder ‚Brutalo-Matze', das passt auch. Er hat Hanna mal so hart angefasst, dass sie danach am Arm und auf der Schulter blaue Flecken hatte. Da sah man genau die Abdrücke seiner Finger."

Marie blickte auf den glänzend polierten roten Lack der Maschine. Dann fuhr sie herum, weil die Wirtshaustür aufschwang. In stummem Einverständnis rannten sie und Linus davon.

Erst vor der Kirche blieben sie stehen und kamen langsam wieder zu Atem. Hinter der anderen Seite des Kirchplatzes erkannte Marie schon die große Linde, die zum Ende der Welt gehörte.

Linus folgte ihrem Blick. „Magst du im Gastgarten einen Apfelsaft trinken? Du brauchst auch mit keinem zu reden, wenn du nicht willst. Samstags ist es eh immer sehr voll."

„Musst du nicht helfen?"

Er zuckte mit den Schultern. „Ich hab mir Urlaub genommen." Marie ahnte, dass er den Eltern gesagt hatte, er würde sich mit ihr treffen. Sie wusste nicht so recht, was sie davon halten sollte.

Über den Kirchplatz gafften zwei blonde Frauen herüber. Linus verzog das Gesicht. Dann winkte er und schrie mit einem aufgesetzten Grinsen: „Hallo, Geli! Hallo, Traudi!" Er rief so laut, dass ihn das ganze Dorf hören musste und Marie sah, wie sich die Frauen genierten.

„Warum starren sie mich an?" Plötzlich erkannte sie die beiden: Sie hatten Berta einmal besucht. Die Dünnere hatte nach Maries Namen gefragt.

„Sie wissen, wo du wohnst. Sie halten dich wahrscheinlich für einen Hexenlehrling." Diesmal war Linus' Grinsen echt. „Aber denk dir nichts dabei! Das sind bloß Tratschweiber. Die Café-Geli hat die längste Neugierdsnase im Dorf. Und die zweitlängste hat die Salon-Traudi, das ist die aufgedonnerte neben ihr."

Sie waren beide aufgedonnert. „Die dicke?"

„Nein, die superblonde. Jede Woche eine andere Frisur. Keine Ahnung, wie sie das hinkriegt. Ihr Lehrmädchen taugt nämlich nichts, die Julia, die ist ihr Patenkind und kann nicht mal ordentlich Stirnfransen schneiden. Sie hat einer Kundin die

Locken so heiß eingedreht, dass ihr die Haare ausfielen, und jetzt darf sie überhaupt nichts mehr tun außer den Boden kehren.“

Die Café-Geli wackelte zurück in ihr Café und auch die superblonde Traudi verschwand in eins der Häuser um den Kirchplatz.

Linus blickte Marie an. „Also kommst du? Wir haben frisch gepressten Apfelsaft.“

Marie sagte Nein. „Bis zur Hecke geh ich mit“, bot sie ihm an, weil er so enttäuscht schien. „Aber dann nicht weiter. Ich muss zurück. Die Ziegen warten.“

Von hinter der Hecke beobachtete sie, wie Linus durch den Garten ging und tat, als sei er der Wirt. Er begrüßte die Gäste mit „Hallo, schön euch zu sehen!“ und „Schmeckt’s? Wenn nicht, wird der Koch sofort gefeuert!“ Linus würde einmal der beste Wirt der Welt sein.

Und sie? Sie war nichts. Oder sie war, dachte sie, ein wenig wie der Mann aus Böhmen, der den Teufel in einer Flasche bei sich trug. So etwas konnte sich keiner wünschen, der gut war.

Als sie auf dem Rückweg wieder zum Kirchplatz kam, packten dort gerade drei Männer ihre Trompeten aus. „Guten Tag, Herr Doktor! Frau Doktor!“, hörte Marie sie rufen.

Sie blieb stehen und sah ein elegant gekleidetes Paar über den Platz stolzieren. Der Herr Doktor trug einen Trachtenanzug mit Hut, die Frau Doktor ein Leinenkleid und ein großes, grünes Fransentuch, dessen Zipfel sie im Ausschnitt des Kleides festgesteckt hatte.

Und das Mädchen zwischen ihnen sah so gar nicht wie Rapunzel aus: Ihr goldenes Haar war zu einer Krone geflochten. Darauf saß ein Strohhütchen mit grünem Band. Gerüschter Rock, weiße Bluse mit Puffärmeln, auf dem grünen Handtäschchen ein Edelweiß. Herr Doktor Nader und Frau Doktor Nader gingen im Gleichschritt und das Mädchen passte sich ihnen an, zwei kurze Schritte für jeden langen der Eltern.

Hastig duckte sich Marie hinter die Trompeter. Das Mädchen aber hatte sie bereits entdeckt, ließ die Hand der Mutter los und schwang grüßend das Täschchen.

Kurz vor Marie hielten alle drei inne. Rapunzels Mutter, so blond wie sie, zupfte an der Haarkrone und rückte das Hütchen zurecht. Der Vater sagte etwas. Rapunzel kicherte. Sie griff nach seiner Hand und nach der ihrer Mutter und als sie zwischen ihren Eltern weiterstolzierte, blickte sie sich erneut nach Marie um. Deutlich vermeinte Marie das triumphierende Funkeln in ihren Augen zu sehen.

Marie ging nicht wieder in den Moorsee, sooft Linus sie auch zu überreden versuchte. „Die Narbe ist mir egal", beharrte er. „Wenn du deshalb nicht ins Wasser willst, meine ich." Schwarze Flocken klebten an seinen nackten Armen und sie konnte ihn plötzlich nicht mehr ansehen, ohne daran zu denken, wie er sich zwischen den Felsen über Distel gebeugt hatte.

Linus hingegen sah sie an. Sah sie zu oft an. Ständig erinnerte sein Blick sie daran, dass er sie zu sich ins Wirtshaus eingeladen hatte. Und dass er seinen Eltern erzählt hatte, er würde sich mit ihr treffen.

Sie lagen in der Sonne auf einem der großen Felsbrocken. „Rapunzel hat gefragt, ob sie morgen wieder mitkommen ...", fing Linus an und Maries „Nein" entfuhr ihr, bevor sie sich auf die Zunge beißen konnte. Er stützte sich auf die Ellbogen auf und musterte sie. Sie duckte sich ein wenig unter seinem Blick.

„Du brauchst nicht eifersüchtig zu sein. Sie ist für mich doch bloß so was wie eine kleine Schwester." Sein Blick wurde erwartungsvoll, als müsse Marie nun fragen, was sie denn für ihn sei, wenn nicht eine Schwester.

Gar nichts wollte Marie sein, keine Schwester und auch sonst nichts, nur ein spitzer, harter Stein, der wehtat, wenn man ihn aufhob.

„Und wärst du gern ihr Bruder?“, entschlüpfte ihr.

„Rapunzels?“ Er gab keine Antwort.

„Ich war mal einer“, verriet er ihr plötzlich und starrte über den See. „Ein Bruder, meine ich. Gewissermaßen. Es gab Bilder von ihm und er hieß David. So ein winziger, verschmierter Fleck, er wurde größer und größer und auf einmal war er tot. Ich meine, er kam noch raus, aber da war er schon tot. Meine Mutter lag ewig im Spital und als sie heim durfte, musste sie noch immer im Bett bleiben. Sie stand nur zum Klo-Gehen auf und konnte nichts heben, was schwerer als eine Literflasche war. Deshalb kam Hanna zu uns. Um zu helfen. Und weil sie die Schule geschmissen hatte und keine Lehrstelle fand.“

Linus war damals acht gewesen und Hanna fünfzehn. Sechzehn, als Matze sie erst in der Früh vom Feuerwehrfest nach Hause gebracht hatte. „Ihr Kind heißt Hans. Ich hab sie, seit sie wegmusste, nicht mehr gesehen. Ich hab ihr geschrieben, aber sie schreibt nicht zurück.“

Vielleicht hat das Kind den Brief zerrissen, dachte Marie. Doch es musste mehr als ein Brief gewesen sein, weil Linus keiner war, der nach dem ersten Versuch aufgab.

„Glaubst du, dass er dich hasst?“

„Wer, Hans? Oder der Fratzen-Matze?“

„David. Glaubst du, dass er auf dich herunterschaut?“

Linus blinzelte in die Sonne. „Weiß nicht. Da wär ihm langweilig.“

„Wenn er dich hasst?“

„Warum sollt er mich hassen?“ Linus klang ehrlich erstaunt.

„Weil du lebst und er nicht.“

„Ich hab ihm doch nichts getan. Ich wollt immer sein Bruder sein. Als meine Mutter damals ins Spital musste, hab ich dem Herrgott versprochen, dass David mit meiner neuen Ritterburg spielen darf, wenn er alt genug dafür ist und sie nicht kaputt macht.“

Linus war ein guter Bruder. Schweigend lagen sie auf dem Felsbrocken, Distels und Hannas und Davids Geister zwischen ihnen.

Am nächsten Tag war Rapunzel beim See und warf Steine ins Wasser, als sie kamen. Marie wollte auf der Stelle umkehren, Linus aber winkte schon. Ein Rattenhund wetzte zwischen den Teufelssplittern hervor und kläffte die Ziegen an.

„Sitz, Rüdiger! Platz!", rief Rapunzel und haschte vergeblich nach seinem Halsband. Die Ziegen meckerten hämisch und Mädi und ihr Bruder drohten dem Gulasch-Hund mit spitzen Hörnchen, bis dieser den Schwanz einzog.

Rapunzel musste heute Rüdiger hüten, weil ihre Eltern mit Ragazza beim Tierarzt waren. Linus lachte über die Namen und erzählte von dem Hund, den er als Kind gewollt hatte. Am besten wäre ein Bernhardiner gewesen. Der hätte Artus oder Siegfried geheißen.

„Bloß hat meine Mutter gesagt, ihr kommt kein Mannsbild ins Haus, das mehr frisst als mein Vater und ich." Er grinste.

Auf des Teufels Splittern teilten sie sich einen zerdrückten Gugelhupf, den Linus in der Tasche hatte. Vom Gugelhupf gab es zwei Stücke und Marie wusste, dass eins für Linus und eins für sie gewesen wäre. Sie verschlang ihr Drittel, pickte die Brösel aus der hohlen Hand und dann noch aus dem Einwickelpapier.

„Berta ist wirklich eine Hexe", erzählte Rapunzel. Ihre Stimme war kaum mehr als ein Flüstern und sie warf Marie einen raschen Blick zu, bevor sie weitersprach. „Die Mutter der Eisenhändigen, die bei uns putzt, hat es mir geschworen! Und dass sie nur deshalb nicht ins Dorf geht, damit sie ihre Kräfte behält."

Linus schüttelte so heftig den Kopf, dass ihm Krumen aus dem Mundwinkel flogen. „Ich weiß, warum sie nicht geht", entgegnete er mit vollem Mund, doch er wollte nicht sagen warum, bis sie fertig gegessen hatten.

„Sie hat meinen Bruder begraben. David war noch nicht getauft und der alte Pfarrer wollte ihn deshalb nicht auf dem Friedhof haben. Da ist sie in der Nacht gekommen und hat an die Pfarrhoftür geklopft. Keiner weiß, was sie gesagt hat, aber David durfte dann doch begraben werden."

„Das war nett von ihr", meinte Rapunzel, klang dabei aber weiterhin argwöhnisch.

Er nickte. „Aber der alte Pfarrer ist gleich nach dem Begräbnis gestorben und dann hieß es, sie hätte ihn ins Grab gehext. Seitdem geht sie nicht mehr ins Dorf."

Rapunzel wusste noch andere wilde Geschichten aus dem Dorf. Zum Beispiel, dass der Pöschko-Karli kurz vor seinem Tod beim Feuerwehrfest mit einer Fremden getanzt hatte. Die hatte, schwor die Mutter der Eisenhändigen, ganz genau so ausgesehen wie die schwangere junge Hexe auf einem Bild, das es von ihrer Hinrichtung gab.

„Jetzt lockt sie die Männer zum See", plapperte Rapunzel das Gehörte nach, „und hofft, dass einer fromm genug ist und sie heiratet. Weil der Teufel sie damals verführt hat, kann nämlich nur eine kirchliche Hochzeit ihre Seele retten."

Marie wurde plötzlich zornig. Zornig auf Rapunzel, die vom Teufel sprach, als verstünde sie etwas, deren Eltern sie beim Spazierengehen in die Mitte nahmen und die keine Ahnung von wirklicher Bosheit hatte. Es war so einfach, sich vorzustellen, wie ihr das Blut aus den goldenen Haaren rann.

„Marie", Linus sah bedeutsam auf ihre Fäuste herab, die das Einwickelpapier vom Gugelhupf zerdrückten.

Unbeirrt erzählte Rapunzel unterdessen weiter: Es gäbe auch noch eine andere Geschichte, nämlich dass der Vater des Kindes nicht wirklich der Teufel gewesen sei, sondern der Bürgermeister. Die Mutter habe es und sich selbst wegen der Schande ertränkt. „Böse Mütter müssen ins Wasser gehen“, schloss Rapunzel. Marie wollte sie anschreien und schütteln, weil Rapunzel keine Ahnung hatte und nicht wusste, wovon sie da redete. Vor ihren Augen stand ein Bild: ein tiefer, dunkler Brunnen. Und das, was darunterlag.

Sie trieben die Ziegen zurück zu Berta. Linus begleitete Rapunzel nach Hause und Marie sah ihnen nach. Sah, wie er sein Fahrrad schob und wie das Gulasch zwischen seinen und Rapunzels Beinen herumsprang. Vielleicht war sie eifersüchtig, nicht auf Rapunzel und Linus, sondern auf Rapunzels Burg und ihre goldenen Haare und auf ihre reichen Eltern, die sie beim Spazierengehen in die Mitte nahmen.

Bertas Haus wirkte mit einem Mal armselig und klein. Beim Abendessen lutschte Berta die geschnittene Hartwurst so lange, bis sie weich wie Kaugummi sein musste. Marie starrte sie böse an. In ihren Gedanken sah sie wieder, wie Rapunzels Mutter an der Haarkrone zupfte. Hörte Rapunzels Kichern.

Die kleine Stube schien vor ihren Augen noch zu schrumpfen und Bertas hässliche Gestalt quoll auf wie ein Germteig. Ließ kaum mehr Platz zum Atmen, kaum mehr Platz für Marie.

Sie sprang auf und rannte nach draußen, stand unter den Wipfeln und Sternen, Sternen wie Disteln, Sternen wie erstarrte Schneeflocken. Die Fichtenwipfel durchzogen als dunkle Narben den Himmel. Marie fühlte sich wie der Mann aus Böhmen, der die Zeit anhalten konnte. Wie in einer Schneekugel, einen Herzschlag, bevor der Schnee anfangen würde zu fallen.

Am nächsten Tag ging sie allein zum Moorsee. Sie schlüpfte aus all ihren Kleidern, watete nackt ins schwarze Wasser, bis es ihr Kinn berührte. Tat dann noch einen Schritt, langsam und herausfordernd, hangelte mit den Zehen nach Halt und fühlte, wie der Fuß im Schlamm versank. Das Wasser bedeckte ihre Lippen, dann ihre Nase. Die Geister haschten nicht nach ihr. Wussten, dass Marie selbst ein Geist war und den Weg zu ihnen finden würde.

Sie dachte an Schwestern und tat noch einen Schritt.

An Schnee. An Blut. An ein Land namens Hölle.

Das Wasser schwappte über ihre Nase. Der nächste Schritt würde der letzte sein. Und Marie merkte erst jetzt, wie zornig sie war, zornig auf sich selbst. Sie spähte hinab auf ihre Brust, auf das kränkliche Gelb der Haut im schwarzen See. Gold, das unter Pech schimmerte.

Sie dachte an Distel und tauchte unter. Behielt dabei die Augen offen.

Der See war nicht so schwarz wie ein Brunnen. Ihr letzter Atemzug entwich aus ihrem Mund. Flocken schwirrten vor ihren Augen und in ihrem Kopf. Prustend kam sie hoch und schnappte nach Luft, tauchte wieder unter, hörte auf zu atmen, kam hoch.

Ein Rhythmus so alt und vertraut wie ein Tanz. Irgendwann spie der Moorsee sie aus, lag sie am Ufer zwischen des Teufels Splittern neben ihren fadenscheinigen Socken und Jeans.

Sie rieb sich notdürftig mit dem T-Shirt ab. Der Tag war wolkig, nicht warm, und als sie endlich zurück ins Haus schlüpfte, fror sie so erbärmlich, dass sie sich sicher war, Berta müsse ihre Zähne klappern hören.

Zitternd lag sie im Bett unter der klammen, schweren Decke. Auch das war vertraut und als sie eindöste, stand Rapunzel vor ihr, doch sie war nicht mehr Rapunzel.

Eine Witwe hatte zwei Töchter, begann die Goldhaarige.

Marie floh aus dem Bett. Zog sich hastig an, polterte die Treppe hinab. Berta hatte ihr Mittagsschläfchen schon beendet und saß in der Stube.

„Hast gefaulenzt?", brummte sie.

„Du nicht?" Zu spät biss sich Marie auf die Zunge.

Der Eisennagel-Blick bohrte sich tief in ihren Schädel, doch Berta sagte nur: „Das Holz will gemacht werden." Erst als Marie nach draußen trat und sah, dass es regnete, verstand sie das Funkeln in Bertas Augen. Mit einem Knall schloss Berta die Tür hinter ihr.

Marie begriff sehr wohl die Strafe für ihre Frechheit und sie fror ohne eine Jacke, ohne wenigstens die alte Plastiktasche, die Berta manchmal bei der Arbeit als Kappe trug. Aber das war zugleich auch gut so, denn als sie zähneklappernd und zitternd zurück ins Haus kam, hatte Berta überhaupt keinen Grund, sich darüber oder über ihre nassen Haare zu wundern.

In den nächsten Tagen schüttete es wie aus Kübeln. Marie wollte trotzdem die Ziegen zum Moorsee treiben.

„Unfug!“, fuhr Berta sie an. „Die Tiere haben mehr Verstand als du. Wenn eins fiebert, würdest du es gewiss in dein Bett legen und ihm warme Milch einflößen, aber ich nicht.“

Marie dachte an Distel. Wusste, dass Berta auch an Distel dachte.

Aus dem Regen wurde Eisregen und sogar Hagel. „Hast du ein Glück“, knurrte Berta. Sie warf einen raschen Blick durchs Fenster, dann auf Marie. „Der Herrgott leert heut das Badewasser aus, aber du darfst im Trockenen sitzen und schrubben.“

Tatsächlich kam die Sonne erst nach zwei Tagen wieder, als jeder Fingerbreit des Hauses glänzte. Die Kälte und der Regen hatten Bertas alte Knochen beleidigt und sie so mürrisch gemacht, dass Marie heilfroh war, am Morgen Linus' Stimme zu hören.

„Auf der Forststraße steht das Wasser“, vermeldete er gerade, als Marie in die Stube kam. „Und der Weg runter ins Dorf ist jetzt ein Bach.“ Aber weil er es Rapunzel versprochen hatte, wollte er mit ihr in den Wald und ihr den Prangerstein zeigen. „Darf Marie mit?“ Berta brummte ihre Zustimmung.

Draußen schien es Marie, als könnte sie zum ersten Mal seit Tagen wieder atmen. Der Weg war sehr verschlammt und das matschige Wasser sickerte durch ihre Turnschuhe. Dennoch fühlte es sich gut an, hier mit Linus zu wandern. Alles glitzerte: die Fichtennadeln auf den Zweigen, die Spinnennetze im Unterholz und das Moos.

Nur Rapunzel störte. Völlig überdreht hopste sie um Linus und Marie herum und sang dabei: „Ich hasse den Regen, tralli, trallala!"

Linus passte seine Schritte an Maries an und fiel so wie sie hinter das kleine Mädchen zurück. „Ich hab ein paarmal daran denken müssen", begann er leise, sodass es Rapunzel nicht hören konnte. „Und ich glaub schon, dass du eine Schwester hast. Du lügst, wenn du sagst, du hast keine."

Marie erstarrte. Das befreite Gefühl verflog, sie bekam plötzlich keine Luft mehr, konnte kaum noch atmen. Sie wollte zornig auf Linus sein, ihn anschreien, ihm weh tun.

Er sah sich flüchtig nach Rapunzel um. „Das mit Hanna war schlimm", raunte er weiter. „Für uns alle, aber ... Als ihre Eltern sie holen kamen, wollt ich sie nicht gehen lassen. Ich hab damals sogar gesagt, ich wär lieber tot als ohne sie." Er suchte ihren Blick. „Ich weiß, wie du dich fühlst."

Du weißt gar nichts! Sie starrte an ihm vorbei und sah nichts oder vielleicht ein Zicklein, ein Mädchen mit goldenem Haar.

Linus schien ein wenig beleidigt. „Du könntest mir auch mal trauen."

Aber sie traute ihm nicht, traute keinem. Bis zum Prangerstein war nur mehr Rapunzel gut gelaunt: „Wir gehen heut zum Prangerstein, trallala!"

„Du klingst wie eine hängen gebliebene Schallplatte", rief Linus. Der Scherz wirkte gezwungen.

Der Prangerstein war ein Granitbrocken im Wald, der zusammen mit einer Granitplatte den Pranger bildete. Linus zeigte es ihnen, zwängte sich an der Platte vorbei und krümmte sich, bis er die Hände durch die Löcher stecken konnte und sein Hals in der Ausbuchtung lag. Die Platte stand ein wenig vor und es sah aus, als ruhte ihr ganzes Gewicht auf Linus' Nacken.

Früher, erzählte Rapunzel, hatte man die Frauen an den Pranger gestellt, die tratschten. Und die Männer, die zu viel tranken. Und die Bäcker, die Kreide in ihren Brotteig mischten.

„Und die Wirte mit den großen Schnitzeln, von denen die Leute Bauchweh bekamen", fügte Linus hinzu und blickte kümmerlich drein.

Kaum hatte er sich aus dem Pranger gewunden, wollte Rapunzel hinein. „Für dich ist's einfacher, du kannst aufrecht stehen", meinte Linus. „Aber pass bloß auf. Die Platte ist spitz und scharf. Mein Vater hat sich mal den Kopf angeschlagen. Er hat geblutet und ich hatte furchtbare Angst, die Wölfe würden uns fressen."

Rapunzels Arme erschienen im Pranger. „Du hattest Angst vor Wölfen?", tönte es ungläubig hinter dem Stein.

„Ich war erst sechs! Ich dachte, sie riechen das Blut und kommen gelaufen. Die Narbe sieht man heute noch ..." Er verstummte. Marie blickte stur geradeaus, aber sie wusste, dass er sie ansah.

Rapunzels Kopf erschien unter der Platte. Sie entdeckte vor ihrer Nase eine Spinne und quietschte: „Mach sie weg, mach sie weg!"

Doch Linus lachte. „Eigentlich müsste man die Leute im Pranger mit fauligem Obst bewerfen, aber Spinnen sind noch besser."

„Mach sie weg!", kicherte Rapunzel nervös. „Was, wenn sie mich in die Nase beißt?"

Niemand befreite sie von der Spinne und sie hatte es eilig, den Pranger zu verlassen.

Marie duckte sich als Letzte hinter den Stein. Sie musste sich bücken und den Hals lang machen, um die Arme durch die Löcher und den Kopf unter die Platte zu zwängen. Altes Regenwasser sickerte vom Pranger in ihren Pulli und sie fröstelte im

Schatten, der hier lag, während drüben im Sonnenlicht Linus und Rapunzel darüber stritten, wer den Pranger gemacht hatte und wie. Ob ihn der Mann aus Böhmen mit dem Flaschenteufel gebohrt …

Linus sah Marie und unterbrach sich. „Steht dir nicht schlecht!“, rief er ihr zu. Das passte so gut, dass sie zurückschrie: „Wirf einen Zapfen nach mir, wenn du dich traust!“

„Warum sollt ich mich denn nicht trauen“, doch er bückte sich auch nicht nach einem Zapfen. Marie schloss die Augen. Als sie blinzelte, glaubte sie erneut das blonde Mädchen mit dem fast schneeweißen Zicklein zu sehen.

Für ein paar Atemzüge gab sie sich ganz den Schmerzen in ihrem Nacken, ihren Schultern und Armen hin. Dann wandte sie sich an Rapunzel: „Ich wette, du traust dich nicht! Ohne deine Hunde bist du ein kleiner Feigling!“

Schon hatte Rapunzel einen Zapfen in der Hand, wollte werfen, doch Linus hielt ihren Arm fest und flüsterte ihr etwas ins Ohr. Widerstrebend reichte ihm Rapunzel das Geschoss.

„Damit du Frieden gibst“, sagte Linus. Er zielte lange.

Marie zog die Hände aus den Löchern und machte sich steif, hart wie ein Stein. Wenn Linus sie treffen wollte, musste er auf ihr Gesicht zielen.

Der Zapfen sauste heran, sie zuckte, streifte mit dem Kopf schmerzhaft die Platte. Der Wurf prallte von ihrer Schulter ab.

Marie schlüpfte aus dem Pranger und rieb sich die Stirn, strich mit dem Daumen am moosigen Granit entlang und verschmierte das kühle Nass auf ihrer Schläfe. Sah nach, ob der Daumen blutig war.

Plötzlich stand Linus vor ihr. „Ich hab nicht auf deinen Kopf gezielt“, sagte er, als ihm auffiel, was sie tat.

„Ich weiß.“ Sie hörte auf zu reiben.

„Sie ist kein Feigling.“ Seine Stimme klang ernst. Hinter dem Stein sah Marie einen goldenen Schopf hervorlugen.

„Hau ab, Prinzesschen!“, fauchte sie.

„Warum bist du so gemein?“, rief Rapunzel weinerlich.

Weil ich ein Hexenlehrling bin. Nur zu gut kannte Marie diesen weinerlichen Ton in einer Stimme, die einem anderen blonden Mädchen gehörte. Und sie musste an Rapunzels ahnungsloses Geplapper über Hexen und den Teufel und über Berta denken. „Willst du wissen, was Berta sagt?“, hörte sie sich spotten. „Sie wird dich wie eine Ziege schlachten! Dann kocht sie aus deinen Knochen eine Suppe und verwurstet den Rest.“

„Du bist ekelig!“, schrie Rapunzel. „Du bist gemein und ekelig und ich wünsch mir ... ich wünsch mir, du wärst tot!“ Sie rannte davon, ein goldener Schimmer zwischen den Bäumen.

„Du spinnst manchmal wirklich“, sagte Linus. Er drehte sich um und lief Rapunzel nach. „Rapunzel, Flora, warte!“

Marie stand allein, bis seine Rufe allmählich verklangen.

Daheim warf Berta nur einen kurzen Blick in ihre Miene und schickte sie genug Holz für zwei oder drei Tage hacken. Die Wut im Bauch verlieh Marie Kraft. Sie malte sich Gesichter auf den Scheiten aus, ein blondes und eins, bei dem sie fast den Hackklotz zerschlagen hätte. Noch während sie arbeitete, fing es wieder an zu regnen, dicke Tropfen. Dazwischen eisige Flocken. Vergeblich bemühte sich Marie, das Eis aus ihrem Kragen zu schütteln, ehe es schmolz und ihr als kalte Finger über den Rücken strich.

In der Nacht hagelte es Körner so groß wie Hühnereier.

„Was ist da letztes Mal in dich gefahren?“, fragte Linus, als er zwei Tage später mit den Einkäufen kam, doch er schien von Marie keine Antwort zu erwarten. Berta bot er an: „Soll ich mit Marie beim Wagner-Bauern Mostäpfel holen? Heuer sind sie schon so früh reif. Er sagt, er hat Äpfel genug und wegen des Hagels werden sie ihm eh verfaulen.“

Die Bäume auf der Apfelwiese wuchsen kreuz und quer statt in Reihen. „Die sind älter als das Dorf“, behauptete Linus. Ihre Äpfel waren klein, sauer und fleckig. „Holzäpfel eben.“ Er grinste. Viele davon lagen am Boden, faulten vor sich hin und stanken. Ganze Wespenschwärme hockten auf ihnen.

Marie klaubte und pflückte die Äpfel in einen Sack. Als sie sich gerade nach einem großen, gelben streckte, fiel ihr aus dem Geäst ein kleiner, grüner entgegen. Er prallte von ihrer Schulter ab wie der Zapfen am Prangerstein.

Ihre Hände fassten einen Entschluss, bevor ihr Kopf daran denken konnte. Sie fuhr herum und warf einen ihrer Äpfel. Er verfehlte Linus nur knapp.

Linus ließ seinen Sack fallen und duckte sich hinter einen Stamm. Er war so spindeldürr, dass nur ein T-Shirt-Zipfel hervorlugte. „Willst du mir den Krieg erklären?“

Statt einer Antwort warf Marie wieder.

Strubbeliges Haar und eine Nasenspitze blitzten seitlich hinter dem Baum hervor. „Ich würd an deiner Stelle in Deckung gehen", warnte Linus und sie erkannte, dass er bereits seine Geschosse zusammenraffte.

„Ich fürcht mich nicht", sagte Marie. Sie bückte sich nach einem Wespenapfel.

Ein wahrer Hagelschauer aus Äpfeln sauste auf sie zu. Sie prallten von ihrer Schulter und ihren Armen ab und als sie hinter den Baum floh, traf einer sie am Hinterkopf.

„Drei zu null für die Holzäpfel!", schrie Linus. Sie erwiderte nichts.

„Marie, bist du okay?"

Aber sie war nicht mehr hinter diesem Baum, sondern kroch schon zum nächsten. Wartete, bis Linus sich leicht vorbeugte. „Da hast du deine Holzäpfel!" Sie warf.

„Stopp!", rief Linus nach einer Weile, „Friede, Friede." Er kam mit erhobenen Händen hervor. Marie warf einen letzten, besonders braunen und weichen Wespenapfel nach ihm, aber gleich schämte sie sich. Linus war nicht ausgewichen und sah nun auf den Fleck an seinem T-Shirt herab. Es war der einzige richtig große Fleck.

„Du wirfst ganz schön fest." Er grinste anerkennend. „Für ein Mädchen." Er pflückte einen Apfel von Maries Baum und biss krachend hinein. „Letztes Jahr waren sie viel weicher. Hab ich dir auch keine blauen Flecken verpasst?"

Mit wem hatte er letztes Jahr Krieg geführt? „Ich hab zuerst geworfen. Und ich bin nicht aus Zucker."

„Nein", stimmte ihr Linus zu, „aber wenn du aus Zwieback wärst, würde das prima zum Apfelmus passen." Ihre Hände waren braun und schmierig. Er blickte Marie an. „Du hast Apfelmus in den Haaren. In dem Schwarz sieht man es zwar nicht so wirklich ..."

Er verstummte. Sie hatte hingegriffen und das, was sie ertastete, der weiche Matsch, der wie Walnuss-Hirn aus ihrem Scheitel quoll, musste sich zu deutlich auf ihrem Gesicht abzeichnen.

Ehe sie ihn abwehren konnte, lehnte sich Linus zu ihr. „Halt still", und schon hob er eine verschmierte Haarsträhne, wischte sie an seinen Fingern ab. „Bloß ein Streifschuss. Der heilt wieder." Doch das machte alles nur schlimmer. Marie wollte an nichts denken, nicht an die Nuss, nicht an das Blut auf blondem Haar, wollte nur Linus' blaues T-Shirt mit den braunen Flecken vor sich sehen und eine Wespe, die auf seiner Brust saß und naschte.

„Mmh, Apfelmus." Er leckte sich die Finger ab. Verzog dann das Gesicht. „Mit viel zu wenig Zucker. Jetzt wär es doch gut, wenn du aus Zucker wärst. Da würd ich eine Prise von dir nehmen." Das klang leicht dahingesagt, sein Blick aber verriet, dass es nicht leicht dahingesagt war. Sie schüttelte stumm den Kopf.

„Geht's dir nicht gut?", fragte Linus nun mit echter Sorge. „Komm, ich bring dich heim."

Marie war nicht aus Zucker, war kein Feigling und kein Prinzesschen wie Rapunzel, das man nach Hause begleiten musste. Sie wich vor ihm zurück. Linus sah noch besorgter drein, doch er schwieg den ganzen langen Heimweg über.

Sie trotteten aus dem Wald und Berta erwartete sie in der offenen Tür, die Hände auf den Hüften.

„Hat euch der böhmische Wolf die Äpfel abgenommen?"

Verdutzt wandte sich Linus zu Marie, sah ihre leeren Hände an und seine und grinste. „Äh, ja. Der Wolf war's. Er hat uns gefragt, wohin wir mit den Äpfeln wollen, und wir haben gesagt, wir bringen sie der schwarzen Berta, weil wir brave Kinder sind. Da hat er gesagt, er frisst entweder dich oder die Äpfel oder uns." Linus versuchte einen schuldbewussten Blick. „Wir haben ihm die Äpfel gegeben."

„So so."

„Ja, weil es ein alter Wolf war. Du bist zäh und Marie ist zäh und ich bin ein Gastwirtssohn, da ist zu viel Fett dran." Er hielt die bekümmerte Miene nicht länger durch und erwiderte Bertas Blick mit einem breiten Grinsen. „Nicht dass sich der arme, alte Wolf noch den Magen verdorben hätte."

„So so", knurrte Berta, „und ich hab schon das Schmalz heiß gemacht und den Backteig gerührt. Wo nehm ich nun die Holzäpfel her?"

„Du machst Apfelradeln?" Linus vergaß das Spiel. „Warte, ich hab hier ein paar, krieg ich eins, bitte, nur eins?" Er leerte seine Hosentaschen und drückte Berta drei, vier kleine, gelbe Äpfel mit Druckstellen in die Hand.

„Hm", schnaufte sie und blickte auf die magere Beute in ihren Wurstfingern.

„Wir holen den Rest morgen", versprach ihr Linus. „Gleich morgen Früh, ich komm rauf. Bitte schick Marie nicht allein", er spähte flüchtig zum Himmel. „Es fängt bestimmt an zu regnen und es war meine Schuld. Ich hab so viel geschwatzt und geplappert, du weißt, ich rede für drei."

Er klang nicht im Geringsten schuldbewusst oder ängstlich. Berta schnaufte noch einmal, drehte sich um und watschelte ins Haus.

In der Stube wies sie Marie an, die Äpfel in fingerdicke Scheiben zu schneiden.

„Lass die Kerne ruhig drin", riet ihr Linus.

„‚Lass die Kerne drin'!", äffte ihn Berta nach. „Der Holzapfel ist wohl zu lange bei den Wölfen gewesen! In meiner Stube isst man wie ein Mensch oder gar nicht."

Linus grinste nur und fragte sie unschuldig, ob sie denn womöglich auch ein Messer für ihn hätte. „Und diese neumodischen Dinger mit den Teufelszinken, wie heißen die gleich?" Er schnippte mit den Fingern. „Ach ja: Gabeln."

Er bekam ein Apfelradel und ertränkte es in Honig, biss die Hälfte ab, schmatzte genießerisch. Bertas Schnaufen klang halb verächtlich, halb belustigt. Mit den restlichen Radeln watschelte sie an ihren Platz.

Linus blickte von ihr zu Marie. Dann legte er die Gabel mit dem angebissenen Stück auf seinen Teller und schob ihn Marie hin.

„Iss du", sagte sie, doch sie sah dabei Berta an.

„Das sind Holzäpfel", wehrte er ab. „Ich kann doch nicht meine Brüder essen."

Berta spießte drei Radeln auf ihre Gabel und kaute, schmatzte, schluckte, alles ohne den Blick von Marie zu wenden.

Marie nahm Linus' Gabel. Sie knabberte ein winziges Apfelstückchen ab, kostete es ausgiebig, wiegte dann den Kopf.

„Zu viel Honig?", spottete Berta.

„Die Marie braucht extra Honig, weil sie nicht aus Zucker ist." Linus grinste sie an und da wusste Marie endgültig, dass er ihr für den Prangerstein verziehen hatte.

Argwöhnisch spähte Berta von einem zum anderen. „Bringt mir morgen die Äpfel, dann kriegt ihr wieder welche", knurrte sie. „Oder ich wend den Holzapfel im Backteig und brutzle ihn, dass es mir eine Freud ist."

Linus lachte und versprach, sich heute Abend besonders gründlich hinter den Ohren zu waschen, damit er ihr die schöne Pfanne nicht dreckig machen würde. Sie jagte ihn mit einem Wischfetzen nach draußen und während das Fahrradgeklingel ertönte, nutzte Marie die Gelegenheit: langte rüber zu Bertas Teller, stopfte sich zwei der Apfelradeln in den Mund, kaute und schluckte hastig, als sich Bertas polternde Schritte näherten.

Berta trat nicht zum Tisch. Sie nahm ihre Pfeife vom Brett über dem Ofen und stopfte sie umständlich, sah Marie dabei nicht an. Öffnete das Herdtürchen und entzündete die Pfeife am Feuer und sah Marie nicht an. Paffte. Sah Marie nicht an.

Maries Atem war laut in der Stille und so sehr sie die Luft anhielt, sich verwünschte und verfluchte, konnte sie nicht verhindern, dass ihr Magen knurrte.

Nun sah Berta sie an. Ein Seitenblick auf den Teller genügte oder vielleicht hörte sie das plötzlich laute Hämmern von Maries Herzen.

„Hm", sagte Berta und hob bedächtig zwei ihrer fetten Wurstfinger.

„Der Wolf war's", log Marie.

„Hm. Hast du schon öfter was gestohlen?"

Schneeflocken landeten sanft auf ihren Schultern. Sie dachte an das Buch und an das Messer. „Ich hab nichts gestohlen. Ich arbeite für dich, also musst du mir zu essen geben."

„Hm", sagte Berta, mehr nicht, aber Marie wusste, was sie dachte. Berta ließ zu, dass Marie ihre Gedanken sah, gab ihr zu erkennen, dass jemand, der so faul und nichtsnutzig wie Marie war und keine Äpfel heimbrachte, auch keine Apfelradeln verdiente.

„Hast du schon öfter Essen gestohlen?"

Marie versuchte ihrem Blick standzuhalten. „Ja." Das Buch, das Märchenbuch ließ sie hinzufügen: „Andere Sachen auch."

Berta paffte ihre Pfeife und schwieg eine ganze Weile, ehe sie fragte: „Warum?"

Weil ich Hunger hatte. Weil ich wollte, weil ich konnte, weil ich musste. Die Stille drohte sie zu erdrücken.

Noch immer blickte Berta prüfend zu ihr. „Hast du Freude dran gehabt, am Stehlen?"

„Ja", log Marie.

„Siehst mir nicht danach aus."

Das war alles.

Den ganzen Nachmittag und Abend wartete Marie auf eine Bestrafung, doch Berta schickte sie nur Holz hacken. Zwischen den Scheiten erspähte Marie jene Stelle, wo sie das Messer gefunden hatte, und sie ärgerte sich, weil sie nicht wusste, ob Berta sie für eine Diebin oder für eine Lügnerin oder für beides hielt. Fast hätte sie das Messer zurückgelegt.

Früh am nächsten Morgen stand Linus wie versprochen vor der Tür, um mit ihr die Äpfel zu holen. Rapunzel war bei ihm, das Gesicht knallrot und die Haare zerzaust mit baumelnden Spangen darin.

„Schau, wen ich gefunden habe!“, rief Linus fröhlich. „Wir müssen sie unbedingt mitnehmen! Wenn wieder ein Wolf kommt, lassen wir ihm den zarten kleinen Bissen und rennen mit den Äpfeln davon.“

Rapunzel wagte Maries Blick nicht zu erwidern, doch sie kicherte über Linus’ Späße, hopste ihm voran und sang von einem Wandersmann, der im Frühtau zu Berge ging.

„Wir gehen runter, nicht rauf“, sagte Linus zu ihr. „Das passt nicht. Kennst du ...“, er überlegte, „... ‚Spannenlanger Hansel, nudeldicke Dirn‘?“

Klar kannte Rapunzel das Kinderlied.

Linus erzählte, dass er immer der spannenlange Hansel sein hatte wollen. „Weil ich der Kleinste in der Gruppe war. Ich hab davon geträumt, groß genug zu werden, um die Äpfel zu schütteln.“

„Du warst der Kleinste?“, staunte Rapunzel.

„Und jetzt?“, mischte sich Marie ein.

„Na, immer der Größte zu sein ist auch nicht so toll.“ Doch er lachte.

„Schade, dass du nicht Hans heißt“, sagte Rapunzel. „Das würde richtig gut passen.“

„Tu ich doch. Hans ist mein zweiter Vorname.“

„Du lügst!“

„Nein. Es stimmt wirklich. Linus Johann Holzapfel heiß ich, bei meiner Holzapfel-Ehre.“

Rapunzel musterte ihn prüfend von Kopf bis Fuß. Ihr Blick ließ Marie plötzlich an das Namensspiel damals auf der Burg denken.

„Jetzt weiß ich, welche Märchenfigur du bist!", rief Rapunzel da auch schon. „Du bist der Hans im Glück."

„Wer soll das sein?", stellte Linus sich ahnungslos und Rapunzel zog die Stirn kraus, so angestrengt versuchte sie sich an das Märchen zu erinnern. „Er hatte eine Gans. Ja, am Anfang eine Gans. Oder nein, er hatte einen Klumpen Gold! Den tauschte er gegen ein Pferd, das gegen eine Gans und die gegen einen Stein. Und der Stein fiel in den Brunnen."

„Seh ich blöd genug aus, einen Klumpen Gold für einen Stein herzugeben?", fragte Linus.

„Für ein Pferd", verbesserte ihn Rapunzel. „Und dann das Pferd für eine Gans."

„Ein Pferd für eine Gans ist genauso bescheuert."

„Er hatte aber Hunger!"

„Dann hätt er das Pferd essen sollen."

Rapunzel verzog das Gesicht und sagte nichts mehr. Linus wandte sich grinsend an Marie: „Komm, nudeldicke Dirn. Schütteln wir die Äpfel und die Birn'."

Trotz des frühen Morgens war es schwül. In den Säcken surrten die Wespen und keiner wagte sich hin, bis Linus schließlich einen Zweig von einem Apfelbaum brach und damit jeweils die obersten Äpfel samt den Wespen entfernte. Er schleppte seinen Sack den Hang hoch, Marie ihren. Rapunzel tanzte um sie herum, warf einen Apfel in die Luft, fing ihn wieder und trällerte, bis Marie Lust bekam, sie wie einen Apfelbaum zu rütteln oder mit dem schweren Sack nach ihr auszuholen.

Unterdessen schwärmte Linus so sehr von Bertas Apfelradeln, dass Rapunzel neugierig wurde und mit zum Frühstück wollte. In der Stube aber verließ sie dann doch der Mut. Mit großen

Augen saß sie vor ihrem Teller und schüttelte nur den Kopf, als Berta knurrig fragte, ob sie Hunger habe.

„Krieg ich ein halbes Radel?", bat Linus bescheiden, woraufhin ihm Berta eines auf den Teller knallte, die Hälfte davon abstach und sie hinüber zu Marie schob.

„Das ist keine Hälfte. Das sind zwei Drittel." Sofort schlug sich Rapunzel die Hand vor den Mund. Ihre Augen weiteten sich noch mehr, als hätte sie Angst, dass Berta sie nun verhexen oder verwursten würde. Marie genoss den Anblick.

„So so", knurrte Berta.

Linus verschlang sein Stück im Nu und wandte sich hoffnungsvoll an Marie: „Kann ich die andere Hälfte doch auch haben?" Er träufelte Honig über das Stück, bis sie sich fragte, wie er es noch kauen wollte. Rapunzel lugte von ihm zu Marie, dann zu Berta.

Beim Abschied kramte Linus in seinem Fahrradkorb und Marie sah, wie er Berta ein schmales Päckchen überreichte.

Rapunzel stand plötzlich neben ihr. „Ich weiß jetzt, wer du bist", zischte sie. Marie zuckte zusammen. Unwillkürlich hielt sie die Luft an.

„Er ist Hänsel und du bist Gretel!"

Sie konnte wieder atmen. „Nein."

„Schade. Das hätte so gut gepasst. Ich habe daheim gefragt", fuhr Rapunzel übergangslos fort, „und Berta hat noch nie Kinder gefressen. In so einem kleinen Dorf hätte man sie dafür nämlich längst verhaftet." Marie erkannte den trotzigen Ton, kannte ihn nur zu gut. „Aber ich glaube trotzdem noch immer, dass sie eine Hexe ist."

„Sie ist keine."

Unbeirrt plapperte Rapunzel weiter: „Wir fahren morgen in die Stadt und ich hole mir alle Märchenbücher aus der Bibliothek. Ich finde schon noch heraus, wer du bist!"

„Da gibt es nichts rauszufinden. Ich bin niemand." Doch sie spürte, dass ihr Rapunzel nicht glaubte.

„Einen Versuch habe ich noch!" Linus klingelte, rief ihren Namen und sie sauste davon. Marie sah Berta mit dem Päckchen ins Haus watscheln, eiliger als sonst.

Erst nach dem Abendessen holte Berta das Päckchen aus ihrer Kammer und knallte es vor Marie auf den Tisch. Mit einem mulmigen Gefühl schälte Marie das Zeitungspapier ab. Darin lag ein dünnes Täschchen mit einer Schnalle und einem langen Lederriemen.

„Für dich", knurrte Berta. Marie sah das scheckige, fast weiße Fell und spürte, wie ihr übel wurde.

„Ist das ..."

„Dein Schecki-Mecki-Flecki, ja. Die Lederin hat's gemacht. Aus jedem wird was, wie sich's gehört."

Maries Herz hämmerte laut in der jähen Stille. Sie krallte die Finger um den Riemen, wollte das Täschchen hochreißen und Berta damit ins Gesicht schlagen, in ihre fette Fratze. Schwarzes Wasser und weiße Flocken tanzten vor ihren Augen.

„Was soll ich damit?" Ihre Stimme klang so fern, als käme sie aus einem tiefen Brunnen.

„Tu was rein, woran dein Herz hängt."

„Ich hab nichts, woran mein Herz hängt", sagte Marie und das war die nackte Wahrheit.

„Dann ist's an der Zeit, dass du was findest."

Plötzlich dachte Marie schuldbewusst an das gestohlene Messer. Sie wollte es zurücklegen und wollte Berta zugleich mit der Tasche ins Gesicht schlagen oder wollte heulen, aber nicht wegen einer Ziege.

Berta erhob sich. „Wenn's dir nicht gefällt, schmeiß es von mir aus in den See. Soll mir einerlei sein. Aber vorher erledigst du brav den Abwasch. Ich geh jetzt schlafen."

In der Nacht saß Marie bei offenen Vorhängen in ihrer Kammer und breitete ihre Schätze aus: das Messer, dessen Klinge im Mondlicht glänzte, und das zerfledderte Märchenbuch. Das Buch war größer als die Tasche. Es fühlte sich falsch an, das Messer in Distels Fell zu stecken. Trotzig nahm sich Marie vor, beim Moorsee einen scharfen, spitzen Stein zu finden. Sie dachte daran, wie ihr Berta verboten hatte, Distels Fell zu begraben, und behauptet hatte, sie würde aus ihm einen Bettvorleger machen. Marie hatte Distel nicht vergessen gehabt, aber sie hatte das Schuldgefühl tief in ihren Bauch gezwängt – dorthin, wo auch Freibach lag.

Vor dem Einschlafen schob sie die Tasche unter ihr Kissen. Sie träumte von Distel, der aus dem Ziegenhimmel herabsah und seinen Geschwistern die besten Disteln missgönnte.

Gleich in der Früh trieb sie die Ziegen zum See. Sie kroch unter die Splitter, langte in jede kleine Felsspalte, in die ein Ziegenköpfchen gepasst hätte, und riss alle Disteln ab, die sie fand, bis ihre Finger blutig und zerstochen waren.

„Die sind für Distel", teilte sie den Ziegen mit. „Ihr kriegt keine." Sie warf alle Disteln in den Moorsee, bis auf eine blutige, die steckte sie in ihre Tasche. Daheim ließ sie die Tasche auf dem Küchentisch liegen. Berta aber sagte nichts: nichts über die Tasche und nichts über Maries zerstochene Finger.

Linus grinste, als er Marie mit der Tasche sah. „Ich durfte nichts verraten. Es sollte eine Überraschung sein."

Sie dachte: *Du hast es gewusst!* Und dann: *Aus jedem wird was, wie sich's gehört.* Ihre Finger krallten sich in das Distelfell. Schützend presste sie die Tasche an sich, die Distel, die ihr Herz war.

Linus bemerkte es. „Was hast du da drin?"

„Nichts", log Marie.

Linus überredete Berta, Marie mit ihm zum Wagner-Bauern und danach ins Dorf gehen zu lassen. Er müsse fürs Wirtshaus Most holen, so viele Flaschen, dass er sie unmöglich allein schleppen könne. Marie glaubte ihm nicht und es waren dann tatsächlich bloß drei Flaschen.

„Ja und? Ich kann nur zwei auf einmal schleppen", tat Linus unschuldig. Sie ahnte, dass ihm Berta auch nicht geglaubt hatte.

Zu Maries stiller Erleichterung lag der Platz vor der Kirche verlassen: Weder die Tratschweiber noch Rapunzel und ihre Eltern waren dort. Auch diesmal schlug Linus vor, im Gastgarten einen Apfelsaft zu trinken. Auch diesmal blieb Marie hinter der Hecke stehen. Sie umklammerte ihre Tasche, wusste, dass sie keinen Fuß in den Garten setzen würde.

„Keinen Fuß", wiederholte Linus. „In den Garten." Er sah zu den Bierbänken und Tischen und zu Vinzerl, der unter der Linde die Gäste bediente. „Gut. Warte hier." Schon war er weg, doch er drehte sich um. „Bitte, warte!"

Also wartete sie und beobachtete durch die Hecke, wie er an Vinzerl vorbei ins Wirtshaus ging. Als er wieder kam, hatte er zwei Gläser und eine Flasche Apfelsaft in den Händen. Vinzerl grummelte etwas und Linus lachte, befahl ihm, den Apfelsaft auf seine Rechnung zu setzen.

Stolz duckte er sich mit dem Saft und den Gläsern hinter die Hecke. „Bitte sehr. Unsere besten Kunden bedient der Wirt persönlich."

„Du bist nicht der Wirt."

„Noch nicht." Er sagte es diesmal nicht im Spaß und sie konnte ihn sehen, ein paar Jahre älter, vielleicht mit Bart, wie er mit den Gästen plauderte und scherzte. Linus war tatsächlich der geborene Wirt.

Im Apfelsaft schwammen Schmutzflocken wie im Moorsee. „Naturtrüb", erklärte Linus. Er führte Marie hinter den Schweinestall und erzählte ihr, wie er mit Hanna hier gesessen hatte. „Nicht oft, sie war ja die Wirtin, als meine Mutter im Bett lag. Aber manchmal musste sie raus aus der Küche. Sie hat gesagt, selbst der Apfelstrudel würde irgendwann nach Schnitzelschmalz stinken und ihre Haare sowieso. Oft wollte sie eine rauchen, wegen dem Schnitzelschmalzgestank. Oder einfach nur reden."

„Worüber habt ihr geredet?"

Ein Schatten fiel über sein Gesicht. „Meistens über Matzes Fratze."

Sie tranken die Flasche leer und Marie wollte gehen, aber Linus bat sie zu bleiben. „Wenn du magst", sagte er plötzlich, „ich meine, wenn Berta vielleicht mal keine Arbeit mehr für dich hat – wir finden hier schon Arbeit für dich."

Fast hätte Marie entgegnet, dass er noch nicht der Wirt war und dass sie nichts anderes konnte als Ziegen hüten, doch sie nickte und hielt die leere Flasche hoch über ihren geöffneten Mund, damit ihr die letzten Tropfen Apfelsaft auf der Zunge zerfließen würden.

Auf einmal näherten sich Schritte. „Warte hier!", zischte Linus. Er sprang auf und lief ums Eck des Stalls. Marie blieb mit der Flasche zurück, starrte nach oben zu einem der Milchglasfenster, hinter denen sie damals die Nacht verbracht hatte.

Eine Frau redete mit Linus, vermutlich seine Mutter, doch Marie verstand die Worte nicht. Nur Linus' Lachen und seine Stimme drangen klar zu ihr: „Nein, mit den sieben Zwergen." So wie er das sagte, klang es nicht einmal frech.

„Nur eine Flasche", hörte sie dann. „Es sind Zwerge, da reicht eine Flasche Apfelsaft." Marie umklammerte die Flasche so fest, dass ihre Knöchel weiß hervortraten.

Linus kam wieder. „Meine Mutter. Ich soll der Eisenhändigen was bringen. Magst du ...?"

„Nein", warf Marie hastig ein. „Ich muss zurück."

„Du kommst mit", entschied er für sie und grinste. „Ich geb dir nachher Würste mit. Dann kann die Berta nichts sagen."

Auf dem Parkplatz vor der Eisernen Hand standen drei Motorräder. Linus schnitt selbst eine Fratze, als er des Fratzen-Matzes Scheiß-Maschine sah. Er klemmte sich die Schachtel voll altem Geschirr, die ihm seine Mutter mitgegeben hatte, fester unter den Arm.

Die Gaststube war dunkel und stank überwältigend nach Rauch. An den Hirschgeweihen neben der Tür hingen Motorradjacken. Knochen blitzten zwischen den Krägen hervor.

Die Eisenhändige hinter der Schank trug ein grünes Dirndl, jeden Tag dasselbe, hatte Linus gesagt, sie wusch es nur alle zwei Wochen. Ihr Haar war lang und grau wie Bertas und zu einem Knoten hochgesteckt. Sie fuhr sich mit dem Handrücken über die Lippen.

Linus hievte die Schachtel auf die Theke. „Mit Dank von der Mutter. Ein Teller ist zerbrochen, den hat sie dir schon bezahlt, sagt sie."

„Was soll ich damit?", nuschelte die Eisenhändige. „Bring's dem Fritz nach hinten." Sie wandte sich ab, nicht aber bevor Marie den dicken, schmierigen Lippenstiftstrich auf ihrem Handrücken gesehen hatte. Linus schenkte ihr ein schwaches Lächeln.

Der Hand-Fritz war im „Händchen": So hieß die Bar in der ehemaligen Garage gleich hinter der Stube. Auf dem Betonboden lagen zertrampelte Brezeln und Marie hatte sich halb nach einer gebückt, ehe sie es selbst bemerkte. Der Hand-Fritz glotzte in den Fernseher über der Schank und spielte dabei mit seinen langen, gelverschmierten Haaren.

Dass der keine Frau fand, sei kein Wunder, hatte Linus mal gemeint. Gesprächig wurde er nur, wenn es ums Boxen ging, und gerade dass er sich bequemte, den Gästen die Getränkekarten zu bringen. Er hatte früher selbst geboxt, war aber zu blöd gewesen, sich zu ducken, und darum fehlten ihm jetzt drei Zähne. Der Hand-Fritz grunzte, als ihm Linus die Schachtel gab. Sein Vater war ein Saisonkellner gewesen. Das Baby war so passiert und die Eisenhändige hatte bis weit ins neunte Monat die Suppenschüsseln auf ihrem prallen Bauch getragen.

Marie musste plötzlich an Hanna denken, an Hanna und den Gestank nach Schnitzeln in der Küche.

Gegenüber der Schank saßen an einem langen Tisch die Taubenzüchter, die meisten in Motorradkluft. Das Stammtischzeichen in der Mitte war eine schöne, geschnitzte Taube aus hellem Holz. Die Männer tranken Bier und ein paar von ihnen musterten Marie mit einem anzüglichen Grinsen. Welcher mochte Matze sein? Er würde gut aussehen, da war sich Marie sicher, sonst hätte Hanna nie für ihn geschwärmt.

Sie erschauderte unter der Musterung und war mit Linus fast bei der Garagentür, als jemand vom Klo kam und ihnen in den Weg trat. „He!", johlte er. „Der kleine Holzwurm!"

Ein Blick auf Linus genügte: Marie wusste, dass sie Matze gefunden hatte. Der Fratzen-Matze war groß und muskelbepackt mit pechschwarzen Locken und er hieb Linus auf die Schulter, dass es klatschte. Linus zuckte zusammen, riss den Arm weg.

„Ist das deine kleine Freundin?"

„Ich red nicht mit dir", sagte Linus.

Matze lachte. „Aber ich mit dir, du wurmstichiger Apfel, du." Er sagte es wie einen freundschaftlichen Scherz, doch es war keiner. Und zu Marie: „Du bist ein hübsches Ding." Er beugte sich zu ihr. „Glaub mir, 's gibt hier Besseres als seine faulen Äpfel und krummen Birn'."

„Halt deine blöde Fresse!", fuhr ihn Linus an. Er packte Maries Hand und zerrte sie durch die Garagentür nach draußen. Auf dem Parkplatz blieb er stehen. Marie dachte, dass er gegen die Reifen des Motorrads treten wollte und es nur nicht tat, weil sie bei ihm war.

„Meine Mutter ist eine geborene Krummbirn", sagte er nach einer Weile. „Wenn der Holzapfel eine Krummbirn heiratet, lacht das ganze Dorf."

Marie spitzte die Ohren nach Stimmen aus der Garage, hörte aber nichts. „Ich muss gehen."

Linus nickte und schien sich ein wenig zu beruhigen. „Ich bring dich rauf. Holen wir nur schnell die Würste."

„Nein, gleich. Ich muss gehen."

Er war verdutzt, blickte sie verwirrt an, doch sie verabschiedete sich und hastete davon. Erst bei der Kirche hielt sie inne und wartete, kehrte dann um und huschte zurück zum Gasthof mit seinem bröckelnden Putz. Sah hoch zur eisernen Faust des Grafen von Späth, mit der er seine Hunde und wahrscheinlich auch seine Tochter verprügelt hatte. Bei dem Gedanken glaubte sie Matzes Griff auf ihrer Schulter zu spüren, hart genug, dass seine Finger blaue Flecken hinterließen.

Sie schlüpfte durch die Tür und an den Motorradjacken vorbei. In der Stube war niemand, nicht einmal die Eisenhändige. Unbemerkt schlich Marie weiter bis zur zweiten Tür. Sie lauschte. Der Fernseher über der Schank lief noch. Sehr behutsam drückte sie die Klinke herunter.

„Ich kenn das Dirndl", hörte sie durch den Spalt. „Das wohnt oben bei der Hex."

„Zeig der bloß nicht deine Äpfel und Birn', Matze", spaßte einer, „sonst hext sie dir die Berta weg!"

„Oder kocht Apfelmus draus!"

Gespieltes Husten und Würgen.

„Und wenn du ihr auch ein Kind machst, frisst es die B..."

„Zum letzten Mal!" Matzes zornige Stimme übertönte alle. „Ich hab der Schlampe das Balg nicht angehängt!"

„Ja, ja, wir wissen's. Das halbe Dorf hat sie flachgelegt", beruhigte ihn einer. „Als du in sie verschossen warst, hat das aber anders geklungen."

„Vielleicht hat ihn die Berta damals verhext."

Allgemeines Lachen und Stöhnen.

„Das Bild!", jammerte Matze. „Jetzt träum ich bestimmt davon, dass die Alte in mein Bett plumpst, ihr Zelt von Unterhose auszieht und mich mit ihrem Besen erdrückt! Ich – kann – nicht – mehr – atmen!", grölte er und alle lachten, am lautesten Matze selbst.

Marie schloss die Tür. Sie malte sich auch ein Bild aus, eins mit Matzes Kopf auf dem Hackklotz und Berta und dem Messer. So leise, wie sie hergeschlichen war, huschte sie davon.

Am nächsten Tag brachte Linus die Würste und half ihr mit den Ziegen. „Rapunzel durfte nicht kommen", sagte er. Marie schwieg und schwang ihren Stock hart gegen den Baumstumpf, auf dem sie saßen. Erschrocken hoben Schecki, Mecki und Flecki die Köpfe. Ein Vogel flatterte hoch in die Wipfel.

„Ihre Eltern wollen nicht, dass sie immer so wild ist." Er blickte Marie von der Seite an. „Wahrscheinlich haben sie Rapunzel in einen Turm gesperrt."

Das würde ihr gefallen, dachte Marie.

Auf dem Heimweg hörte sie, wie jemand ihre Namen rief. Marie fuhr herum. Ein goldener Geist rannte hangaufwärts hinter ihnen her und für einen langen, atemlosen Herzschlag glaubte Marie ein Zicklein zu sehen, das ihn begleitete.

„Wartet!", keuchte der Geist und wurde zu Rapunzel, zerzaust wie immer, mit baumelnden Spangen im wirren Zopf.

Linus grinste. „Hast du dein Haar heruntergelassen?"

Rapunzel starrte ihn verblüfft an. Ein Kichern entkam ihr. „Ja!" Verschwörerisch senkte sie die Stimme. „Sie wollten, dass ich mit in die Stadt fahre. Ich habe aber getan, als hätte ich Bauchweh ... und ich weiß, wo unser zweiter Schlüssel hängt."

In dem knallroten Rucksack würde mindestens ein Buch sein, wie immer. Rapunzels Wangen waren ebenso rot wie der Rucksack, fast hässlich, ihre Beine unterhalb der abgeschnittenen Jeans voll moosiger Flecken. Sie kicherte verschämt, als ihr Magen knurrte. Und zu ihrem eigenen Erstaunen wurde Marie plötzlich klar, dass sie Rapunzel mochte, sie und ihre Fuchsbraut und die anderen wirren, wilden Geschichten.

Rapunzel fragte Linus: „Geht ihr zu Berta?" Er nickte.

Marie sah, wie sie sich einen Ruck gab. „Darf ich mit?"

„Klar, wenn du uns die Ziegen hüten hilfst. Du bist der Unter-Hüter und ich bin der Ober-Hüter und Marie ist unser Chef."

Rapunzels Blick huschte zu Marie. „Von mir aus", sagte Marie und sie sagte nicht: „Solange du nicht versuchst, meinen Namen zu erraten", doch sie sagte es so laut nicht, dass es Rapunzel trotzdem hören musste.

Den ganzen Heimweg über erzählte ihnen Rapunzel Geschichten: von dem Fuchs, der eine Gans in sein Haus einlud und auf die Frage, was es zu essen gäbe, antwortete: „Gänsebraten!“ Und von einem Kartenspieler aus Böhmen, der mit dem Teufel im Bunde war und jedes Spiel gewann, bis er einmal aus Versehen das Kreuz-Ass zog und daraufhin schnurstracks zur Hölle fuhr.

„Ihr kündigt euch ja mit Pauken und Trompeten an“, knurrte Berta, als sie zum Haus kamen, aber sie stellte ihnen einen Teller mit Brot und drei von Linus' Würsten hin. Rapunzel aß ihre ganze Wurst auf und sagte artig Danke.

Weil es noch hell war, begleitete Linus sie nicht nach Hause, sondern ließ sie allein gehen. Er trödelte beim Abschied und erzählte Berta, dass die Salon-Traudi und die Café-Geli aufeinander sponnen, weil Traudi die Dauerwelle von Gelis Mutter misslungen war. Und dass jemand Matze Wipplingers Motorrad vom Fahrersitz bis zu den Reifen mit stinkendem Mist beschmiert hatte. Dann verstummte er abrupt.

„Spuck's schon aus, Linus Holzapfel“, knurrte Berta.

Linus zögerte. „Er glaubt, ich war's“, gestand er.

„Und warum würd er das glauben?“

„Es gab Ärger.“ Linus' Gesicht verfinsterte sich und er sagte kein Wort mehr.

„So, so“, brummte Berta, „na, dann mag's wohl mancher glauben.“

Marie schwieg, bis Linus in den Wald geradelt war. „Ich war dabei.“ Sie starrte Berta fest in die Augen. „Als es Ärger gab.“

Der Eisennagel-Blick bohrte sich in ihren. „Hat er nichts davon gesagt.“

Warum hat er nichts davon gesagt?

„Er will dich retten“, antwortete Berta, als hätte Marie die Frage laut ausgesprochen. „Seine Kusine ... Er denkt, er hätt sie retten müssen. Und er ist einer, der das nicht recht erträgt.“

„Mich muss keiner retten.“ Sie hatte eigentlich sagen wollen: *Mich kann keiner retten.*

„Bist du dir da sicher?“

Er ist bloß ein Holzapfel, dachte Marie. *Der Teufel würde Apfelradeln aus ihm machen.*

„Ich war’s.“

Sie saßen beim Essen. Berta hörte auf zu kauen. Ein Kartoffelstück rutschte ihr aus dem Mund. Sie fing es mit der Zunge auf, schob es zurück, kaute weiter.

„Ich war’s. Mit dem Mist vom Haufen der Eisenhändigen und dem Motorrad.“

Berta schmatzte und schleckte. Genau in dem Moment, als Marie die Anspannung nicht mehr aushielt, fragte sie: „Wie hieß deine Schwester?“

„Willst du mich nicht bestrafen?“

Berta wiegte den Kopf. „Wie hieß sie?“

„Bestraf mich“, forderte Marie sie heraus.

Berta musterte sie lange. „Wasch ab und dann geh in die Kammer.“

Marie wusch ab. Sie stieg hinauf in ihre Kammer, legte sich aufs Bett und dachte an das Messer, aber sie nahm es nicht aus seiner Ritze. Sie malte es sich nur aus: die scharfe Schneide, den Griff in ihrer Hand.

Es war besser, sich das auszumalen als die Prügel, als den heißen Schmerz auf ihrer Schulter und das tiefe, erstickende Dunkel.

Schließlich hörte sie, wie sich Berta die Treppe hochwälzte. Marie wollte mit dem Gesicht zur Wand liegen bleiben, doch ihre Beine sprangen erschrocken auf, auch wenn sich ihr Kopf dafür schämte. Berta hatte nichts in den Händen und eine weite Hose an, die zu Boden rutschen würde, wenn sie ihren Gürtel abnähme.

„Also“, sagte Marie, „die Strafe?“ Ihre Stimme zitterte fast nicht.

Berta seufzte. „Das war die Strafe“, erwiderte sie und etwas beinah Sanftes lag in ihrem Ton. Sie sah Marie an. Dann watschelte sie schweigend aus der Kammer und ihre Schritte auf der Treppe vermischten sich mit dem Rauschen des Blutes in Maries Ohren.

In dieser Nacht schlief Marie nicht.

Im Morgengrauen polierte sie das Messer mit einem Zipfel ihrer Bettdecke, starrte es an, hielt es in den Streifen Dämmerung, der durch die Vorhänge fiel. Sie hatte Lust, es ins Kissen zu rammen, in die Matratze oder in das dicke Holz der Wand, aber zuletzt schob sie es zurück in seine Ritze und stand auf.

Es hatte geregnet. Schlammige Spuren führten in den Wald. Marie hockte sich hinter den Pferch und kratzte getrockneten Morast von ihren Schuhen. Sie dachte an Matze und sie war noch immer so zornig, dass sie hocken blieb, Schlammklumpen formte und sie nach dem Verschlag warf, in dem sich die Ziegen drängten. Erschrockenes Meckern antwortete ihr. Marie warf weitere Klumpen und dann einen Stein, der mit einem dumpfen Knall vom Dach absprang.

Berta war freundlicher zu ihr als sonst, doch den ganzen Tag über sprach Marie kaum drei Worte. Sie kaute stumm ihren Haferbrei, polierte beim Abwasch lange die Löffel und dachte an die glänzende Klinge. Dachte an das Messer, während sie schrubbte und Polsterbezüge auswrang und zur Leine schleppte. Sie würden nicht trocknen. „Da braut sich was zusammen“, sagte Berta mit Blick zum Himmel.

Aber die Wolken verzogen sich, als hätte sie der Teufel weggepustet. Vor dem Abendessen tauchte die untergehende Sonne den Wald in Gold. Marie starrte stumm.

„Schön, nicht wahr?“, brummte Berta plötzlich. Sie blickte Marie von der Seite an. Marie sah weg, in eine schlammige Pfütze, und fand, dass die Sonne sie wie eine Messerklinge glänzen ließ.

Und nach dem Abwasch, als Berta schnarchte, als die Dunkelheit schwer über dem Wald lag, schlich Marie wieder ins Dorf. Ihre Spuren von gestern Nacht wiesen ihr den Weg. Sie trug ihre schmutzigen Turnschuhe und die Kleider, in denen sie damals zu Berta gekommen war. Eine Faust so weiß wie Ziegenfell umklammerte das Messer.

Die Bäume bogen stumm und mahnend ihre Wipfel. Die Zweige der Büsche krümmten sich wie Geisterfinger.

Marie jedoch hatte keine Angst. Das Messer war bei ihr, so wie die Flasche mit dem Teufel, die einem Mann aus Böhmen gehört hatte.

Aus dem „Händchen“ drang noch Licht. Die Motorräder standen auf dem Parkplatz, auch das von Matze, der jetzt bestimmt drinnen beim Bier saß und über den fluchte, der es gestern Nacht gewagt hatte, ihm den Lack mit einem Messer zu zerkratzen. Den kleinen Holzapfel würde er wieder verdächtigen oder den Schorsch von der Feuerwehr, mit dem er sich beim Maibaum-Stehlen verkracht hatte.

Oder die Hex vom Kogel. Bloß war die zu fett, um noch ins Dorf zu gehen, die musste eine Tonne wiegen und wenn sie sich auf einen Besen setzen wollte, würde der in Streichhölzer zersplittern.

„In Streichhölzer!“, hatte Matze gestern Nacht gegrölt und den Humpen Bier in einem Zug geleert. „Ich sag’s euch, ich sag’s jedem von euch: Wenn die das war oder wenn sie den Holzwurm angestiftet hat, schleif ich sie runter vom Kogel und ersäuf sie im Löschwasserteich. Und wenn ich einen Traktor brauch, um sie zu ziehen!“

„Ein Mann", glaubte Marie nun Rapunzels Stimme zu hören, „ein Fremder kam aus Böhmen. So gottlos war dieser böhmische Fremde, dass er den Teufel in einer Flasche bei sich trug."

Marie wusste, wo die Taubenzüchter ihre Tauben hielten, auf dem Elternhof, den einer von ihnen geerbt hatte. Linus hatte es ihr genau beschrieben.

Still schlich sie durchs Hoftor und am dunklen Wohnhaus vorbei. Ein alter Stall voller Gerümpel, hatte Linus gesagt, mit Gittertüren am hinteren Ende, von denen jede in eine Kammer so groß wie eine Duschkabine führte.

Marie drückte ihre Nase ans Gitter. Der Taubenschlag stank ätzend, viel schlimmer als ein Ziegenpferch. Die Tauben schliefen auf Bänkchen an den Wänden und in Regalfächern. Viele wirkten ausgemergelt und erschöpft. Maries Hand umschloss das Messer fester und sie dachte an Berta, wie sie hinter einem Traktor in den Löschteich gezogen wurde. Dachte an Hannas blaue Flecken, an Matzes Fingerabdrücke auf ihrer Schulter. Ihr fiel plötzlich ein, dass sie nicht wusste, welche Tauben Matze gehörten.

„Die mit den gebrochenen Flügeln", hätte Linus gesagt.

„Ich tu's für euch", wisperte sie, obwohl sie ahnte, dass das nicht stimmte. Sie tat es, weil sie konnte. Der Mann aus Böhmen hatte ein Loch in die Hölle gebohrt, weil er es gekonnt hatte. Marie schob den Riegel zurück.

Später fand sie im Wald eine Pfütze und wusch die blutigen Federn von ihren Händen. Die Schreie der Vögel und das panische Flattern, das in der engen Kammer so dröhnend laut gewesen war, hallten in ihren Ohren.

Marie zupfte eine flauschige, weiße Feder von ihrem Kragen und blickte sie lange an, ehe sie sie zu Boden segeln ließ. Sie stampfte darauf, bis das Weiß mit dem Schlamm verschmolz, starrte auf die Stelle und sah sich einen Kadaver schütteln, als wäre er ein Kissen, sah die Federn fliegen, als schneite es in der Welt.

Und nun hielt sie es nicht mehr aus. Sie warf das Messer weg, riss sich die Jacke vom Leib und schlug damit gegen ihre Beine, fuhr sich wild durchs Haar, bis alle Federn zu Boden gesegelt waren. Bis sie inmitten des gefallenen Schnees stand. Erst dann bückte sie sich nach dem Messer und wusch es, danach ihre Hände, mit Schlamm statt mit Seife.

Beim Morgengrauen huschte Marie ins Bett.

Nach dem Mittagessen kamen die Taubenzüchter durch den Wald herauf. Marie erstarrte, presste sich an den Türrahmen, wollte rennen, weit weg …

„Marie!" Bertas Stimme zog an ihr wie eine unsichtbare Leine. „Marie, wir haben Gäste. Schaff Brot und Butter her." Keinen Speck.

Sie nickte nur, drehte sich nicht um, wollte nicht, dass Berta ihr bleiches Gesicht sah. Geduckt eilte sie durch die Stube und verkroch sich in der Speisekammer, schnitt mit zittrigen Fingern ungleiche Scheiben vom Brot und häufte sie aufs Brett, gab die Butter auf einen kleinen Teller. Neben der Butter lag eine Speckschwarte auf dem Regal und in Maries Hosenbund, unter ihrem Pulli, steckte in ein Taschentuch eingewickelt das tödliche, scharfe Messer.

Keinen Speck, hatte Berta gesagt.

Die Taubenzüchter trampelten in die Stube. Berta watschelte ihnen voran. Sie waren zu dritt: Matze, hinter ihm ein Hagerer mit Brille und ein Dicker, der fast aus seiner Motorradkluft platzte und sich argwöhnisch umsah, als suche er nach Kesseln und schwarzen Katern und Kröten. Marie brachte ihnen mit gesenktem Kopf das Brot und die Butter und dann die halbe Flasche Most, die noch da war. Berta nickte ihr zu und einerlei, ob das Entlassung hieß: Marie floh aus der Stube in den Flur, in einen schmalen, dunklen Spalt am Fuß der Treppe. Der Spalt war eng wie ein Taubenschlag und das Hämmern ihres Herzens hallte wie Taubengeflatter in ihren Ohren.

Sie hörte ihren Namen nicht aus der Stube, doch sie erinnerte sich an den Blick, mit dem Berta das ungleich geschnittene Brot gemustert hatte. Matzes Stimme war scharf und laut, die des Hageren sanfter. „Wölfe gibt's viele im Wald", erwiderte Berta seelenruhig.

Nach langer, langer Zeit zogen die Taubenzüchter wieder ab.

Berta schloss hinter ihnen die Haustür, stopfte sich dabei das letzte Stück Butterbrot in den Mund. Auf dem Rückweg blieb sie bei der Treppe stehen, kaute und schluckte und wartete, bis sich Marie aus dem Spalt zwängte.

„Siehst müde aus. Hast wohl nicht viel geschlafen."

„Was wollten sie?", fragte Marie mit flatterndem, hämmerndem Herzen.

Berta schnaubte. „Ein Wolf ist in den Taubenschlag geraten, und der Dummkopf von Wipplinger meint, es könnt doch genauso gut ein fettes, altes Weib gewesen sein. Kenn den Taubenschlag. Da passt gerade mal die Hälfte von mir rein."

Der Eisennagel-Blick ruhte glühend heiß auf Marie. Sie starrte hinab zu Bertas fettig glänzenden Fingern, wollte an nichts denken, schon gar nicht an blutige Federn.

„Ich frag mich, was für ein Wolf das war." Berta wandte sich ab. Sie hatte alles gesehen.

Marie hörte sich sagen: „'s war kein Wolf. Der Teufel hat's getan, und ein Mann aus Böhmen hat ihm geholfen."

Und der Eisennagel-Blick verbrannte sie, bohrte ein tiefes, dunkles Loch in sie und verwandelte jedes Gefühl der Genugtuung in einen schweren, heißen Schlackeklumpen.

„Womit?"

Marie wollte verständnislos tun, doch ihre Hand griff ganz von selbst unter den Pulli und zog das Messer aus dem Hosenbund. Berta wickelte es aus und wiegte den Kopf. „Da ist das also hingeraten“, murmelte sie.

Und Marie stand inmitten der wirbelnden Taubenfedern, spürte, wie sie ihr in den Mund gerieten, in die Nase, ihr die Sprache verschlugen.

„Du bist nicht meine kleine Soldatin“, sagte Berta schließlich. „Glaub bloß nicht, dass du's bist. Wir führen hier keinen Krieg, auch wenn's manchmal so aussieht.“

Maries Herz war still gestanden, nun aber zuckte es, flatterte wie ein aufgescheuchter Vogel. Ihr Blick begegnete Bertas und sie wusste, dass Berta log, dass sie doch Krieg führten, Krieg gegen die Dummheit und Boshaftigkeit der Leute, und dass es sie nicht so froh machen hätte sollen, wie es tat, wenn Berta sie ihre kleine Soldatin nannte.

Sie öffnete den Mund und schnappte nach Luft, keuchte.

Stieß hervor: „V-valerie. Ihr Name war Valerie.“

Abends nach den Ziegen, nach dem Abwasch und bevor Berta ins Bett watscheln würde, sah Marie das hässliche alte Weib an, sah es sich gut an. *Mir ist's egal, ob du den Pfarrer ins Grab gehext hast,* wollte sie sagen. Zum ersten Mal keimte in ihr die schwache Hoffnung, dass sie wirklich bis zum Herbst hierbleiben würde.

Doch da war noch immer der Stein in ihrem Magen, ein Stein, der sie in den Brunnen ziehen musste wie den bösen Wolf, ein Stein kalt wie Schnee. Sie kannte den Stein und sie kannte und schrie seinen Namen. Der Stein hieß Freibach und hieß Valerie.

Teil 3

Der letzte Sommertag rückte näher, und mit ihm das Feuerwehrfest. Dank Linus wusste Marie alles darüber, wusste, dass die Eisenhändige fette Karpfen beisteuern würde und der Wirt am Ende der Welt die Bierbänke und Tische und das Spanferkel. „Und dann Gesottenes und Gebratenes." Linus machte eine alles umfassende Geste. Weil das Ferkel letztes Jahr schon nach einer Stunde futsch gewesen war, so viele waren aus den Nachbardörfern gekommen, und die Mutter hatte das Fest damit verbracht, noch rasch die tiefgefrorenen Putenschnitzel aufzutauen und zu panieren. Dieses Jahr wurde ordentlich vorgekocht. Linus leckte sich beim Reden die Lippen.

Sie saßen auf einem der großen Felsbrocken am Ufer des Moorsees, der träge vor ihnen lag. Rings um sie weideten die Ziegen.

„Was tut man da sonst, außer essen?" Die schwarze Ziege hob den Kopf und Linus blickte Marie erstaunt an, als könne er nicht glauben, dass sie noch nie auf einem Feuerwehrfest gewesen war.

„Saufen", begann er an den Fingern abzuzählen. „Bloß schenkt diesmal die Eisenhändige ihr gewassertes Bier aus, schade für alle im Dorf und auch für mich. Bei der Schank hab ich immer richtig viel Trinkgeld bekommen! Und tanzen natürlich." Die „Musi", die Blasmusikkapelle, spielte zumindest so lange, bis alle

Musikanten besoffen waren. Einer der Schuster-Zwillinge hatte sich letztes Jahr in seine Tuba übergeben.

Marie dachte an Hanna und Matze und fragte sich, mit wem Linus tanzen würde. Mit Rapunzel? Sie konnte die beiden sehen, wie Rapunzels Haare nach allen Richtungen flogen und wie Linus sie im Kreis wirbelte, mitten in den Moorsee hinein.

„Was tanzt man?“ Sie versuchte gelangweilt zu klingen.

„Polka.“ Linus musterte sie prüfend. „Kennst du nicht?“ Er grinste. „Ich bring's dir bei. Wenn du magst.“

Sie schüttelte heftig den Kopf. Nein, sie wollte nicht.

„Ist ganz leicht, ehrlich. Sogar mein Vater kann Polka tanzen und der hat zwei linke Füße, außer wenn er ein Tablett trägt. Meine Mutter sagt immer, er tanzt lieber mit dem Essen als mit ihr.“

Marie spürte Linus' Blick, doch sie starrte stur geradeaus in den Moorsee, und sie sah Rapunzel und sah, wie der Geist der toten Hexe nach ihren Knöcheln haschte und sie in die Tiefe zog.

„Nein, ich mag nicht. Wirklich nicht.“

Die schwarze Ziege wandte sich ab. Linus tat dasselbe, bloß wirkte er ein wenig enttäuscht. „Wenn du nicht tanzt, ist es nur der halbe Spaß.“

„Tanz eben mit Rapunzel!“, gab sie zurück und biss sich gleich darauf in die Wange. So hatte er es bestimmt nicht gemeint! Er hatte gemeint, dass es für sie kein Spaß wäre und dass sie deshalb auf dem Kogel bleiben sollte, nicht dass er mit ihr tanzen würde.

„Rapunzel?“, wiederholte Linus erstaunt. „Die darf doch noch gar nicht hin mit ihren elf Jahren. Und das Kinderfest vorher mit Sackhüpfen und so ist auch nicht wirklich was für sie.“

Er hatte Recht. Rapunzel klang ein wenig neidisch, als sie das nächste Mal zu dritt die Ziegen zurück zu Berta trieben. „Ich mache mir nichts aus Polka“, verkündete sie und zog die Nase kraus. „Und schon gar nichts aus Bier! Auch nichts aus Sackhüpfen oder Karpfen oder Spanferkeln oder Blasmusik.“ Aber in dem böhmischen Märchen- und Sagenbuch kamen Volksfeste mit Bildern vor, auf denen Männer in Lederhosen über Sonnwendfeuer sprangen und die Frauen mit den gerüschten Röcken und den Schleifen im Haar klatschten und lachten. Das hätte sie gern selbst einmal erlebt.

„Wenn du größer bist“, versprach ihr Linus, hob die Hand auf seine Brust- und ihre Kopfhöhe und fügte nachdenklich hinzu: „Falls du je größer wirst.“

Rapunzel streckte ihm die Zunge raus.

„Ist das da unten eine Zwergenzunge?“ Er beugte sich vor und blinzelte. „Ich glaub, ich brauch eine Brille. Ich seh in der Ferne nicht so gut.“

Sie trieben die Ziegen in den Pferch und nickten Berta zu, als sie an ihnen vorbei zum Plumpsklo watschelte. Der Tag war so schön und warm, dass sich Linus ins Gras fallen ließ und Rapunzel daneben, und nach kurzem Zögern setzte sich auch Marie.

Rapunzel wusste eine neue Geschichte, eine von hier, die selbst Linus nicht kannte, und sie begann zu erzählen: Die Tochter des Grafen von Späth hatte sich beim Spinnen in den Finger gestochen und war eingeschlafen.

„Das ist doch ‚Dornröschen‘“, unterbrach Linus sie.

„Nein!“, versicherte ihm Rapunzel. „Das ist wirklich passiert! Und sie schlief auch keine hundert Jahre, bloß eins. Bis ein Prinz kam und sie mit seinem Kuss erlöste.“

„Hatte er sieben Zwerge als Diener? Und einen sprechenden Kater?“ Linus grinste.

„’s war nicht die Tochter.“ Berta stand plötzlich hinter ihnen. „’s war der Sohn. Der fiel beim Jagen vom Pferd und schlug sich den Kopf an und wachte erst auf, als seine Schwester über ihm weinte.“ Missbilligend verzog sie das Gesicht. „Wenn man das glauben darf.“ Sie musterte sie alle drei, einen nach dem anderen.

Rapunzel sah weg und Marie tat ihr Bestes, um nicht an Schwestern zu denken. Mit einem triumphierenden Funkeln in den Augen wandte sich Berta ab und watschelte zurück ins Haus.

Rapunzel schwieg, bis die Haustür zufiel. „Gut, dann war es vielleicht der Sohn", raunte sie ihnen zu, „aber sie hat ihn bestimmt geküsst. Tränen nützen nichts. Nur ein Kuss wahrer Liebe kann Tote auferwecken. So steht es in allen Geschichten!"

Das Blut hämmerte plötzlich laut in Maries Ohren und wurde zum Wind, der in den Wipfeln pfiff und höhnte. *Nur ein Kuss, nur ein Kuss. Nur ein Kuss wahrer Liebe kann Tote auferwecken.* Doch für eine, deren Herz eine vertrocknete Distel war, schien wahre Liebe zu finden so unmöglich, wie Stroh zu Gold zu spinnen.

Am Tag des Feuerwehrfests keuchte Linus bereits im Morgengrauen herauf, drückte Marie die Pappschachtel mit den Einkäufen in die Hand und entschuldigte sich atemlos, er müsse heim, helfen. Schon verschwand er wieder im nebeligen Wald.

„War das der Holzapfel?", knurrte Berta, als Marie die klirrende Schachtel in die Speisekammer schleppte. Marie nickte. Berta murmelte etwas von Morgenstund und Gold im Mund und schlurfte zum Tisch in der Stube.

Marie schlichtete die Vorräte aufs Regal und machte Frühstück, *nur ein Kuss,* wusch ab und trieb die Ziegen zur Weide. *Nur ein Kuss, nur ein Kuss,* hämmerten ihre Gedanken im Takt der klappernden Hufe, und der Wind sang in den Wipfeln: *Nur ein Kuss.*

Am Nachmittag hackte sie Holz, laut und verzweifelt, um die Worte in ihrem Kopf zu übertönen. Sie schrubbte ungefragt die Treppe, schrubbte sich die Finger rau und blutig und all ihre Glieder müde.

Als sie nach unten wankte, *nur ein Kuss, nur ein Kuss,* um beim Kochen zu helfen, brodelte schon der Brei auf dem Herd.

„Wir essen heute früher", brummte Berta.

„Warum?"

Berta legte den Kopf schief und lauschte. „Hörst du's? Da spielt die Musi." Vielleicht hörte sie es wirklich, vielleicht log sie auch. Marie hörte: *Nur ein Kuss.*

„Willst du runtergehen?", fragte Berta nach dem Essen beiläufig.

Marie schwieg.

„Siehst mir nicht danach aus." Der Eisennagel-Blick blieb an ihren nass gespritzten Jeans und rauen Händen, an den schweißfleckigen Achseln des T-Shirts hängen.

Marie fand ihre Stimme wieder. „Gut. Ich will auch nicht."

„Könntest aber." Marie merkte, dass Berta wollte, dass sie ging.

„Du auch", forderte sie Berta heraus.

Diese schnaufte. „Da hätt das junge Volk seine Freud, wenn ich runtergekullert käme, um alle plattzuwalzen! Womöglich setzen sie mich auf den Grill und schneiden Scheiben ab und gratulieren einander: So eine fette Spansau hat keiner je gesehen." Behäbig stand sie auf und griff nach ihrer Pfeife auf dem Regal. „Wenn ich aber so jung und flink auf den Beinen wär wie du ..."

Wenn du keine Hex wärst, dachte Marie.

„Ich hab nichts anzuziehen."

„Du hast ein Kleid." Eine Endgültigkeit, ein Befehl lag in den Worten.

Marie zog das rote Kleid von Linus' Mutter an. Sie hatte es noch nie zuvor getragen. Es spannte unter den Achseln und flatterte über dem Bauch.

Als sie damit in die Stube trat, musterte Berta sie lange. „Dass dir keiner ein Kind anhängt", knurrte sie. Marie konnte nur starren. Berta wusste alles, wusste auch, warum Marie die Tauben getötet hatte und für wen.

Und Berta hatte sie nie dafür bestraft.

Marie ging ins Dorf. Anfangs freute sie sich im Stillen darauf, was Linus sagen würde, wenn er sie in dem Kleid sähe, doch je näher sie kam und je lauter sie die Blasmusik hörte, desto mehr verflog das Gefühl. Sie zupfte am Ärmel, damit er die Narbe bedeckte, und spähte an sich herab. Rapunzel würde nicht da sein, bestimmt aber andere Mädchen aus dem Dorf, die passende Kleider und goldenes Haar hatten, die nicht nach Ziegen stanken und die wussten, wie man Polka tanzte. Denen würde Linus viel eher einen Kuss wahrer Liebe schenken als ihr.

Sie trat aus dem Wald. Das Dorf unter ihr lag verwaist, der Kirchplatz leer, kein Tisch und keine Bank mehr im Gastgarten am Ende der Welt. Es dämmerte schon und kaum stand Marie zwischen den ersten Häusern, fühlte sie sich, als käme sie ein weiteres Mal, um die Tauben zu töten. Ihre Finger umklammerten ein unsichtbares Messer.

Blasmusik und Stimmen führten sie zur Wiese beim Fußballplatz. Auf den Zuschauerbänken saßen eng umschlungene Pärchen und schmusten. Eine junge Frau mit knallrotem, verschmiertem Lippenstift hob den Kopf, starrte Marie unverhohlen an. Sie erkannte Marie nicht, nicht als ein Mädchen aus dem Dorf und nicht als den Lehrling der Hexe, doch sie schien das Kleid zu erkennen.

Beim Weitergehen durchfuhr Marie der Gedanke, dass es Hannas Geist gewesen sein könnte, und sie wagte sich nicht umzudrehen.

Sie hielt im Dunkeln hinter der Anzeigetafel inne, die Fußballplatz und Wiese trennte. Schaute hinüber zur Blasmusik und dem Feuer und dem Spanferkelgrill, zu einem dicken Mann mit weißer Schürze und Vinzerl neben ihm, bis sie Linus inmitten von ein paar Burschen entdeckte. Er war größer als alle, und obwohl er lachte oder nickte, wenn einer mit ihm sprach, wandte er sich immer wieder ab.

Er sah Marie.

Sein Grinsen wurde breit. Seine Lippen formten ihren Namen. Er sagte etwas zu den Freunden und bahnte sich dann seinen Weg durch die Festgäste zu ihr. Marie stand angewurzelt wie ein Baum.

„Marie! Ich dachte schon, du würdest nicht kommen. Sie hat zwar versprochen, dich notfalls mit dem nassen Fetzen runterzujagen, aber bei dir weiß man nie."

Etwas in ihr erstarrte. Linus nippte an seinem weißen Plastikbecher, reichte ihn ihr dann mit der größten Selbstverständlichkeit. „Magst du was trinken?" Sie war durstig und nahm einen Schluck.

„Trink ruhig aus", wehrte Linus ab, als sie den Becher zurückgeben wollte. „Ich kann jederzeit mehr holen." Er beugte sich ein wenig vor und er stand ihr so nahe, dass sie den Apfelsaft auf seinen Lippen roch. Aber da war auch ein anderer Geruch, fast ein Gestank, scharf und bitter.

Sie räusperte sich. „Was hast du noch getrunken?", fragte sie, gerade als Linus sagte: „Steht dir gut, das Kleid."

Er senkte ein wenig schuldbewusst den Kopf. „Birnenschnaps", verriet er ihr leise. „Zwei Stamperl schon, Vinzerl hat sie mir gegeben. Er hat die Flasche in der Jacke und das Stamperl im Hosensack. Meine Mutter bringt ihn um, wenn sie's erfährt."

„Das ist Hannas Kleid, nicht ihres, oder?" Sie hatte Linus' Mutter nie gesehen, doch es war nicht das Kleid einer Wirtin.

Er nickte. „Ich dachte, du magst es vielleicht."

Marie schwieg und zerrte am hochgerutschten Ärmel. Sie hätte in Jeans und dem T-Shirt kommen sollen, an dem noch Taubenblut klebte. Aber dann würde Linus sie nicht küssen.

Er fragte: „Was denkst du gerade?", und die Blasmusik schmetterte: *Was denkst du? Nur ein Kuss.*

„Gehen wir rüber?" Ohne Linus' Antwort abzuwarten, trat Marie an den Rand des dunklen Fußballfelds, fort von der Musik. Ihre Finger umklammerten den Becher.

Linus spähte von ihr zu den eng umschlungenen Pärchen auf den Zuschauerbänken. „Das Fest ist doch hier."

„Aber ..." Sie verstummte, wusste nicht, was sie weiter sagen sollte. Er folgte ihr hinter die Anzeigetafel. Auf einer der Bänke hob ein Mann in kurzen Lederhosen und langen Strümpfen den Kopf von der Schulter einer jungen Frau, in deren blonde Locken er vergraben gewesen war.

„Der Holzwurm", lallte Matze. „He, Holzwurm, zeigst du ihr deine Äpfel und Birn'?", und er lachte so boshaft, dass Marie spürte, wie ihr Gesicht rot anlief. Linus sah von ihr zu Matze.

„Komm", sagte er dann schnell. „Komm, ich weiß einen besseren Platz." Er griff nach ihrer Hand und zog sie an den Paaren vorbei.

Unweit des Fußballfelds verlief ein Spazierweg, der neu asphaltiert schien. Kurz bevor er im Wald verschwand, stand neben ihm eine stattliche Linde mit einem Bänkchen darunter. Linus machte es sich auf der Lehne bequem und klopfte einladend neben sich. „Das ist unsere, siehst du?"

In der Dämmerung hatte Marie Mühe, die goldene Plakette an der Bank zu entziffern: „Dem fußmüden Wanderer gestiftet vom Gasthof am Ende der Welt".

„Ich hab meinem Vater gesagt, wir müssen diese Bank nehmen, aber ich hab ihm nicht gesagt warum." Er blickte Marie erwartungsvoll an. Sie setzte sich zu ihm, stellte den Apfelsaft auf ihr linkes Knie. „Magst du's wissen?"

„Ja." Das Schwappen des Saftes im Becher sang: *Nur ein Kuss.*

„Eigentlich ist es eine blöde Geschichte." Doch er fuhr fort: „Du weißt ja, das Spiel mit mir als Lancelot und Hanna als ..."

„Esmeralda."

Ein anerkennendes Lächeln huschte über sein Gesicht. „Ja, Esmeralda. Als sie nicht mehr spielen wollte", er blickte finster hinüber zum Fußballplatz, „musste ich mir eine neue Dame suchen. Ein Ritter ohne Dame, das ging einfach nicht."

„Wen?“, fragte Marie, weil die Stille schwer zu werden drohte.

„Isadora. Ich kannte kein Mädchen, das mitgespielt hätte, also hab ich eins erfunden. Sie war die Tochter des Grafen, und sein Ritter hieß Matze. Der wollte sie heiraten. Ich hab ihn jeden Tag zum Duell gefordert.“

„Hat sie sich Handschuhe aus seiner Haut genäht?“

Ein Lachen entkam Linus, ein ungläubiges Hicksen fast wie Schluckauf. „Wow“, stieß er hervor, „das ist ... so blutrünstig war nicht mal ich. Du bist wirklich ...“, er verstummte, sagte nicht, was sie wirklich war. Sie war froh, dass er es für einen Scherz gehalten hatte.

„Jedenfalls fragten meine Eltern, mit wem ich im Wald gewesen sei, und ich sagte, mit Isadora. Und dass sie auf der Burg lebte. Die hatte damals so ein mürrischer Diplomat gemietet und meine Eltern glaubten, Isadora wäre seine Tochter. Hanna wusste aber natürlich Bescheid. Sie zog mich hinter den Saustall und fuhr mich an, ob ich denn komplett bescheuert wäre und ins Irrenhaus müsste.“ Er schwieg kurz. „Sie stand hinter dem Stall mit ihren Locken und dem knallroten Lippenstift und dem Glitzerzeug um ihre Augen, und mir wurde plötzlich klar, dass Isadora ganz genau wie sie aussah. Das war ...“ Zum ersten Mal fehlten ihm scheinbar die Worte. „Ich musste ihr versprechen, nicht mehr zu spielen. Ich wollte auch nicht mehr spielen. Also erfand ich einen Drachen, der Isadora fraß, und ich sammelte in der Höhle ein paar Knochen und begrub sie. Genau hier.“ Seine langen Beine reichten bis zum Boden. Er schabte mit der Schuhspitze ein zertretenes Lindenblatt vom Asphalt. „Früher war das mal ein toller Platz, bis sie den Tümpel zugeschüttet haben.“

Sie saßen auf einem Grab. Das war alles, woran Marie denken konnte. Benommen wiederholte sie es: *Wir sitzen auf einem Grab.* Und sie sah Isadora vor sich, ihre blutverschmierten goldenen Locken und ihren empörten Blick, als der Drache sie fraß. Der

Apfelsaft kam ihr in der Kehle hoch. Sie wandte das Gesicht ab, presste die Lippen zusammen.

„Du hältst mich doch nicht für bescheuert, oder?"

Marie schüttelte den Kopf, bemühte sich, den scharfen, sauren Geschmack des Apfelsafts hinunterzuwürgen.

Nur ein Kuss. Ich tu es nicht für mich.

Der Kuss war ungeschickt, kaum mehr als ein flüchtiges Entlangstreifen an Lippen, die nach Schnaps und Apfelsaft rochen. Linus riss den Kopf zurück, als hätte ihr Mund den seinen verbrannt.

„Marie", begann er, und alles war aus. Sie hätte es am Moorsee versuchen sollen.

„Marie!"

Der Becher fiel. Apfelsaft floss über die Bank wie Gold, und Marie rannte. Sie hörte ihren Namen, doch sie blieb nicht stehen und sah sich nicht um. Sie würde zu Berta rennen und ihre Sachen holen und wieder rennen, fort, so weit sie konnte.

Blindlings stieß Marie die Tür auf und stürmte in die Stube, als wäre der böhmische Wolf hinter ihr her. Beim Tisch saß Berta mit ihrem Stamperl und der braunen Flasche.

„Gib mir vom Zirbenen", verlangte Marie. „Heut brauch ich ihn."

Berta blickte sie prüfend an. Sie erhob sich, öffnete umständlich die Ofentür und stocherte im Feuer, legte ein frisches Scheit hinein, ehe sie zum Regal mit den Bechern und Stamperln trat. Erst jetzt bemerkte Marie die kleine, blonde Gestalt, die auch in der Stube saß: Rapunzel in einem gerüschten Trachtenkleid, das goldene Haar zu zwei Zöpfen geflochten, an denen grüne Schleifen hingen. Trotzig erwiderte sie Maries Blick, wie um zu sagen: „Du siehst genauso verkleidet aus."

Berta wackelte mit einem Becher Milch herbei.

„Gib mir vom Zirbenen", flehte Marie, „nur heute". Sie erschrak, als sie sich hörte, als sie begriff, nach wem sie klang, aber sie nahm die Worte nicht zurück.

„Nein."

„Ich bin sechzehn", log Marie. Berta jedoch gestand ihr nichts als die Milch zu. Marie schob den Becher in die Tischmitte, weit von sich fort. Starrte auf das alte, oftmals geschrubbte Holz der Platte.

Mit anklagender Miene zog Rapunzel das Märchenbuch unter dem Tisch hervor.

„Du hast es gestohlen“, beschuldigte sie Marie. „Warum hast du das getan?“

„Ich war’s nicht.“

„Berta hat es in deinem Bett gefunden. Neben der Matratze. Du hast mich die ganze Zeit angelogen!“

Marie schüttelte den Kopf.

„Warum hast du gesagt, dass ein Mann aus Böh…“ Rapunzel verstummte. Ihre Augen wurden groß und weit. Gewiss dachte sie dasselbe wie Marie, wer hier der Mann aus Böhmen war, der gottlose Fremde.

Maries Hände griffen ganz von selbst nach dem Buch und begannen zu blättern. Hielten inne. Der Name des Märchens stand auf der rechten Seite und Marie sah, wie sich Berta über den Tisch lehnte und das Bild auf der linken musterte, die Frau Holle mit den beiden Schwestern und dem Hahn auf dem Brunnen. Unter dem Bild stand: „Kikeriki, kikeriki, unsere schmutzige Jungfrau ist wieder hie.“

Kikeriki! Kikeriki! Dröhnend laut schrie der Hahn in Maries Kopf.

„Pechmarie.“

Rapunzel hatte das gesagt. Mit ihrem dritten Versuch.

Eine Witwe hatte zwei Töchter, und weil die eine so schön blond war wie Gold und die andere schwarz wie Pech, nannte man die beiden „Goldmarie“ und „Pechmarie“.

Die Witwe liebte ihre schöne, goldene Tochter über alles.

Die Pechmarie, sagte sie, sei des Teufels.

Die Goldmarie war fleißig, brav und lieb. Wenn das Brot im Ofen „Zieh mich raus, zieh mich raus!“ schrie, zog sie es flugs heraus, und wann immer sie am Apfelbaum vorbeikam, schüttelte sie die reifen Äpfel von seinen Zweigen, dass es eine rechte Freude war.

Die Pechmarie war boshaft, dumm und faul. Das wusste man, weil immer, wenn im Haus etwas fehlte oder kaputtging, die Goldmarie mit vor Aufregung zitternder Stimme rief: „Die Pechmarie hat's genommen! Die Pechmarie hat's zerschlagen!"

Dann blieb der Mutter nichts übrig, als der Pechmarie eine Lehre zu erteilen. Sie kam dieser Pflicht aufs gewissenhafteste nach, mal mit dem Gürtel und mal mit einem Zigarettenstummel. Die Goldmarie stand daneben und weinte. Die Pechmarie weinte nicht, aber sie biss sich in die Wange, bis ihr das Blut von den Lippen troff.

Die Pechmarie war nämlich die Größere der beiden, und am Anfang ließ sie sich willig „Diebin" und „Taugenichts" schimpfen, um ihre kleine Schwester zu beschützen.

Als jedoch die Goldmarie immer öfter und immer lauter „Die Pechmarie war's!" rief, und als ihre Stimme dabei gar nicht mehr zitterte, und als sie dann noch heuchlerisch die weißen, unversehrten Arme vors Gesicht hob, da erwachte im Herzen der Pechmarie der Hass. Er klebte an ihr wie ein Klumpen Pech und er brannte heißer als jeder Zigarettenstummel. Die Pechmarie hörte auf, die Goldmarie „Schwester" zu nennen.

Gleich neben dem Haus gab es einen tiefen Brunnen, und wer seine Spindel verlor oder sich sonst wie schuldig machte, der musste hinein. Hei, war das der Pechmarie eine Lehre, wenn die Wellen über ihrem Kopf zusammenschlugen! Die Mutter krallte ihre Finger ins pechschwarze Haar und drückte, bis die Lungen der Pechmarie voll Wasser liefen und sie fast ertrank. Manchmal dauerte die Lehre lange genug, dass der Pechmarie pechschwarz vor Augen wurde, und dann sah sie, was unter dem Wasser lag.

Der Brunnen war nämlich das Tor zu Frau Holles Land, und dieses Land hieß Hölle.

Wenn die Pechmarie mehr tot als lebendig aus dem Brunnen wankte, schaffte sie es meistens gerade noch ins Bett. Die Mutter schüttelte die Decken auf und rief in der Schule an, die Pechmarie habe die Masern, leider.

In Frau Holles Land fiel unentwegt der Schnee. Er fiel so dicht und weiß wie Lügen und so flockig wie Zigarettenasche.

Trotz allem lebte die Pechmarie und wurde größer, und der Pechklumpen wuchs in ihr, und was außen noch nicht verkrustet und vernarbt war, härtete er von innen, bis sich die Pechmarie fühlte, als wäre sie seit hundert Jahren tot. Auch die Goldmarie wurde größer. Ab und zu war ihr Gesicht noch das eines verängstigten Kindes, doch immer öfter ähnelte es der Fratze der Mutter.

Die Pechmarie träumte davon, die Goldmarie zu packen und zu schütteln, bis das Gold von ihr abfiel wie reife Äpfel. Und sie träumte, dass der Kopf der Mutter als hässlicher Brotlaib im Backofen verkohlte. „Zieh mich raus, zieh mich raus, ich bin doch schon ganz knusprig!“, jammerte das Brot, aber die Pechmarie hatte kein Mitleid. Keins.

Schließlich war die Zeit um, in der die Mädchen der Frau Holle gedient hatten, und der Tag kam, an dem sie ihren gerechten Lohn erhalten würden. Die Goldmarie schubste die Pechmarie weg und trat allein unter das Tor.

Heißa, was da für ein Goldregen auf sie herabsauste! Taler um Taler prasselte auf den Kopf der Goldmarie nieder, und ganz zum Schluss kam der schwere Pokal fürs Brot-Wenden und Äpfel-Ernten und fürs Kissen-Aufschütteln, bis sich die Goldmarie gar nicht mehr rührte.

An den Fingern der Pechmarie klebte Blut. Der Hahn auf dem Brunnen schrie: „Du hast das Brot nicht gewendet und den Baum nicht geschüttelt und du hast meine Tochter erschlagen!“

Da rannte die Pechmarie. Aber so weit sie auch rannte, das Blut blieb an ihr kleben und wollte nicht abgehen.

Totenstille herrschte in der Stube.

„Da“, Rapunzel sprach als Erste. Sie schob das Buch näher zu Marie. „Da, ich schenke es dir. Ehrlich, du kannst es haben. Nimm es. Bitte.“

Weil Marie nicht danach griff, stupste Rapunzel mit dem Buch ihre Hand an. Marie zuckte zusammen.

Berta nahm das Buch, riss ein paar Seiten heraus, watschelte zum Ofen, öffnete das Türchen und stopfte das vergilbte Märchen von der Frau Holle hinein, das Bild mit dem Brunnen und wie der Hahn und die Frau Holle über die Pechmarie lachten, wie die Mutter sie mit dem Besen zum Hoftor hinausjagte. Berta ließ das Türchen offen, damit Marie die Frau Holle brennen sah und wie das selbstzufriedene Lächeln der Goldmarie schwarz wurde und zu Asche zerfiel.

„Sie haben gesagt, dass sie nicht mehr aufwachen wird und dass ich ins Gefängnis komme. Da bin ich weggerannt. Auch wenn sie aufwacht, sagen sie, wird sie nie wieder ganz ... normal sein."

„Durftest du sie sehen?", flüsterte Rapunzel. Marie schüttelte den Kopf.

Und Bertas Stimme war wie Granit, eine felsenfeste Stimme, die keinen Einwand duldete: „Die Goldmarie und die Pechmarie lebten glücklich und zufrieden bis ans Ende ihrer Tage."

Eine lange Stille folgte, durchbrochen nur vom Knistern der Buchseiten im Ofen.

Drei Tage später nahm Marie Abschied vom Kogel und von der Spitze der Welt, vom Prangerstein und vom Moorsee, von Rapunzel, von Mädi und den anderen Ziegen und von den Gulasch-Hunden, von der Burg und vom Wald und von des Wagner-Bauern Apfelwiese und von Linus.

„Das mit dem Kuss tut mir leid."

„Schon gut", beruhigte Linus sie. „Meine Mutter sagt immer, ein schlechter Küsser wird mal der beste Ehemann. Das gilt bestimmt auch für Frauen." Er beugte sich näher, sodass sie seinen Apfelsaftatem roch, und diesmal zuckte sie nicht zurück, als er einen Arm um sie legte.

Er war spindeldürr und verschwitzt vom Radeln und sie sog ihn ein, so tief es ging – wünschte sich, sie könnte hier und jetzt die Zeit anhalten.

Linus grinste. „Wenn du einen zum Küssen-Üben brauchst, weißt du ja, wo du mich findest."

Berta packte ihr zum Abschied ein Riesenstück Nusskuchen ein. „Da geht mein Mittagsschläfchen dahin", murrte sie. „Die Ziegen werden nicht aufhören, nach dir zu meckern. Hast sie allesamt verzogen." Hässlich und fett wie am ersten Tag baute sie sich vor Marie auf, mit ihren strähnigen Haaren und dem Doppelkinn, das über den Kragen der Bluse quoll, und Maries Herz hüpfte wie ein Stein beim Platteln.

Sie nahm nicht viel mit, nur den Kuchen und eins von Hannas schönen T-Shirts, damit man sie in Freibach reinlassen würde. In der Disteltasche steckte eine Visitenkarte vom Ende der Welt. „Drei Tage“, hatte Linus sie gewarnt, „wenn ich in drei Tagen nichts hör, krieg ich Berta dazu, mir zu sagen, wo du bist. Dann radle ich dir nach.“ Er hatte seinen vollen Namen auf die Karte geschrieben, „Linus Johann Holzapfel“, als würde sie je vergessen, wie er hieß.

„Frag nach mir und wenn ich nicht ans Telefon komm, hinterlass mir eine Nachricht. Sag ‚Rapunzel‘. Das heißt, es geht dir gut.“

Gut, wisperte der Wind, sag, es geht dir gut!

„Und wenn's mir nicht gut geht?“ Doch sie wusste selbst die Antwort und übertönte den Wind: „Ich sag ‚Pechmarie‘.“

Der Weg hinab ins Dorf fühlte sich an, wie in einen tiefen Brunnen zu fallen. Das Bahnhofsgebäude im Schatten gähnte schwarz wie der Moorsee und die Eisenbahnschienen glitzerten in der Sonne. Am Waldrand hielt Marie inne und dachte, dass sie ewig hier stehen wollte oder zumindest so lange, bis Linus das nächste Mal mit den Einkäufen heraufkam.

Sie schaute nach unten und sah hinter der Kirche den Gastgarten, die uralte Linde und den Stall mit seinem Schild. Dann spähte sie seitlich hoch zur Burg, zu einem Mädchen, das auf den Zinnen las, und zu einem wirren, baumelnden Zopf wie aus Gold.

So weit sie auch wegging, ein wenig von diesem Schneeflockensommer würde an ihr kleben bleiben. Hier und jetzt war das der einzige Trost.

Bertas Abschiedsworte begleiteten sie nach Freibach, bis zur Bushaltestelle vor einem grauen, abweisenden Flügel des Krankenhauses.

„Und wenn irgendwas ist, wenn du mich brauchst, ruf beim Ende der Welt an. Ich komm und walz sie alle nieder und flieg mit dir auf einem Hexenbesen davon. Hörst du? Egal was ist. Du hast bei mir deinen Platz, so wahr uns Gott helfe." Beiläufig hatte sich ihre Hand auf Maries Schulter gesenkt, um ein loses Haar von der Jacke zu zupfen. Marie hatte schlucken müssen und Berta hatte sie an sich gezogen, hatte Maries Wange an ihre kratzige Strickjacke gepresst und an das Herz, das wie ein Schmiedehammer pochte. „Dein Platz ist hier", hatte die Hexe wiederholt.

Nun öffnete Marie ihre Disteltasche. Sie zog die Distel heraus und piekste ihren Daumen, malte sich ein fast weißes Zicklein aus und ein Mäulchen, das sie sanft stupste. Unter der Jacke trug sie Hannas T-Shirt, das hier kratzte und da spannte, und sie kam sich verkleidet vor, als wären das einzig Echte an ihr die Distel und die Asche des Märchenbuchs.

Sie trat zur Drehtür und spürte, wie sie der Mut verließ. Aber Berta würde sie holen kommen, was auch passierte, Berta, die keinen Fuß mehr in die Welt unter dem Kogel gesetzt hatte, seit David Holzapfel begraben war.

Eine Krankenschwester saß beim Empfang der Station und löste Kreuzworträtsel. Sie hob den Kopf. „Wen wollen ... willst du besuchen?"

„Valerie Schneider", krächzte Marie.

Die Schwester musterte sie mit jäh erwachter Neugier. Vielleicht sah sie etwas, die Ähnlichkeit der Pech- mit der Goldmarie. Marie umklammerte den Riemen ihrer Disteltasche und drückte den Daumen auf die Distel, bis sie einen Blutstropfen spürte.

„Und wer bist du? Ich muss dich in meine Liste eintragen", fügte die Schwester hinzu. Sie legte das Kreuzworträtsel zur Seite.

„Eine Freundin. Von früher. Wir sind weg... weggezogen und ich hab's ... ich hab's gerade erst erfahren", hörte sich Marie sagen.

„Wo sind deine Eltern?"

„Draußen. Sie warten draußen."

Die Schwester schob ihr die Liste hin und reichte ihr einen Kugelschreiber. Maries Finger krampften sich um den Taschenriemen, wollten nicht loslassen. Was konnte sie schreiben? All ihre Gedanken schienen wie ausgelöscht.

„Hanna" drang durch den Nebel in ihrem Kopf. Oder „Lina"? Ihre Hand jedoch wusste es besser, kritzelte in zittriger Schrift „Berta Holzapfel" auf das Blatt.

Die Schwester musterte den Namen und nickte. „Bitte folge mir, Berta."

Sie führte Marie durch ein Labyrinth von Gängen in ein Krankenzimmer, das nach Desinfektionsmittel und Schuld stank. Mit einem sehr endgültigen Klicken schloss sie die Tür. Marie wollte sich dagegen werfen, wollte fliehen, doch sie zwang sich, still zu stehen, zwang ihren Blick, durchs Zimmer zu gleiten. Ein Bett, ein Tisch, ein Stuhl.

Auf dem Bett lag Valerie reglos wie eine Puppe mit eingefallenen Wangen. Das Sonnen- und Schattenspiel durch die schweren, geblümten Vorhänge verwandelte ihr Gesicht in eine höhnische Fratze.

Marie würgte und rannte zum Fenster, riss die Vorhänge auf, fummelte am Riegel. Benzingestank und Motorengeknatter schlugen ihr entgegen, vermischt mit dem Duft frisch geschnittenen Grases. Ein dunkelhäutiger Gärtner mähte den Rasen. Er nickte Marie zu und grinste breit.

Sie kehrte zurück zum Bett. Obwohl sich alles in ihr dagegen sträubte, nahm sie auf der Kante Platz. Valerie regte sich nicht, bemerkte nicht den Gärtner, den Grasduft oder dass Marie nach ihren bleichen, knochigen Fingern griff. Sie bettete die Disteltasche behutsam auf Valeries Brust und umschloss die Hand der Schwester mit ihrer.

Und tat nichts weiter. Hexte nicht und gab keinen Kuss, fühlte nur Valeries Finger in ihren.

Allmählich spürte sie, wie Valeries Ruhe auf sie überging. Ihre Hände hörten auf zu zittern. Wortfetzen schlüpften aus ihrem Mund, Sätze, Bruchstücke der Geschichte: „Die Goldmarie und die Pechmarie lebten glücklich und zufrieden bis ans Ende." Ihre Stimme brach. Sie beugte sich über die Schwester und legte einen schwieligen Daumen aufs geschorene Haar, auf jene Stelle, wo für immer eine Narbe prangen würde.

„Ich bin's", flüsterte sie. „Hass mich bitte nicht."

Die Goldmarie öffnete die Augen.

Doch das Märchen war zu Ende. Nicht die Goldmarie, sondern Valerie sah Marie an.

Marie spürte den kaum merklichen Händedruck ihrer Schwester, spürte den Boden unter ihren Füßen. Spürte, wie etwas Neues begann.

Barbara Schinko - es war einmal ein Mädchen (geb. 1980), das in Oberösterreich zwischen Bücherbergen aufwuchs.
Die Welten in ihrem Kopf begleiteten sie durchs Studium der internationalen Wirtschaftsbeziehungen in Eisenstadt, Dublin und Prag. Heute lebt sie mit ihrer Familie in Linz.
Ihr Königreich ist ihr geliebter Hängesessel auf dem Balkon.